6e
Vers la 5e

Hatier Vacances

Toutes les matières

FRANÇAIS
MATHS
HISTOIRE
GÉOGRAPHIE
EMC
SCIENCES & TECHNO
ANGLAIS

+ Corrigés

Valérie Ougier et Hélène Ricard
français

Pierre Jauffret et Agnès Vellay-Candiago
mathématiques

Sylvie Collard
anglais

Jean-Pierre Burriat et Laurent Fillion
histoire, géographie, EMC

Patrick Vermeulen
SVT

Hélène Manzo
physique-chimie

Sylvain Soulard
technologie

Avec la collaboration de
Samuel Douhaire et Élisabeth Fainstein

Hatier

Découvre l'incroyable histoire de Jules et Grannie

JULES
À onze ans, Jules vient de finir sa 6e. Ce fils d'explorateurs, dont les parents sont souvent absents, est un garçon à la fois rêveur et volontaire. Ce qu'il aime : l'astronomie, les balades dans la nature mais aussi les devoirs faits en temps et en heure.

GRANNIE
Bibliothécaire à la retraite, Grannie a deux chats, un service à thé en porcelaine et même un cabas à roulettes. Mais c'est également une passionnée de programmation et de cybermécanique. Pas vraiment une mamie ordinaire, donc...

Le taxi redémarra pour quitter le parc. Resté seul sur le chemin de graviers, son télescope portatif sous le bras, Jules leva les yeux vers l'immense manoir de Grannie, où il s'apprêtait à passer un été de plus... Réussirait-il, cette année, à arracher sa grand-mère à son écran d'ordinateur et à faire de grandes balades, avec elle, dans la journée ou la nuit, pour observer les étoiles ?
– Grannie, tu es là ?
Le manoir paraissait bizarrement vide. Jules entra, monta l'escalier principal et se retrouva devant la porte de la bibliothèque qui occupait tout le premier étage. Il s'apprêtait à frapper quand...

Retrouve la suite de l'histoire dans les exercices !

ISBN : 978-2-401-06348-8

8 épisodes pour revoir tous les points clés du programme, sans jamais t'ennuyer !

SOMMAIRE

Les fichiers audio d'anglais, signalés par ce pictogramme 🎧, sont disponibles sur le site www.editions-hatier.fr dans la fiche article de l'ouvrage.

Zapping

Quelques infos amusantes au début de chaque épisode !

ÉPISODE 1

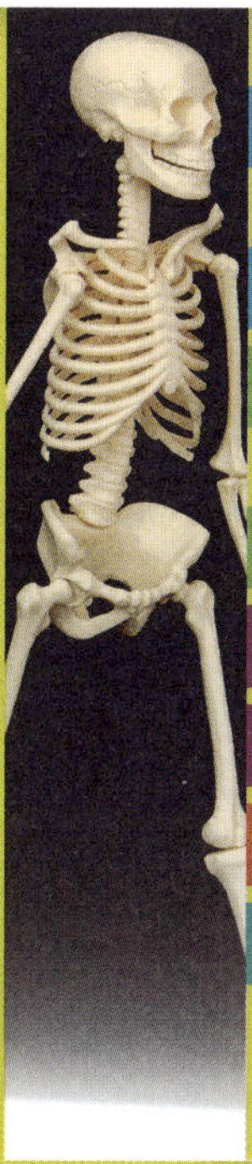
© Viktor_Kitaykin/Istock

Zapping

Depuis quand marche-t-on sur nos deux pieds ?

La bipédie, autrement dit le fait de marcher sur ses deux pieds, est ce qui différencie l'homme de ses cousins les grands singes. Les paléontologues (des scientifiques qui étudient les restes fossiles des êtres vivants) pensent que les premiers hommes à avoir marché sur leurs deux pieds pourraient avoir existé il y a sept à neuf millions d'années. Mais ce n'est qu'une estimation, car notre plus vieil ancêtre bipède connu vivait il y a « seulement » six millions d'années. Il s'agit d'*Orrorin tugenensis*, qui a été découvert en Afrique sur le territoire de l'actuel Kenya. En 2002, l'équipe du paléoanthropologue français Michel Brunet a trouvé dans un désert du Tchad les traces d'un hominidé un peu plus vieux (près de sept millions d'années), baptisé Toumaï. Mais d'autres chercheurs doutent qu'il ait pu marcher sur ses deux pieds.

© Lionel Bret/LookatSciences

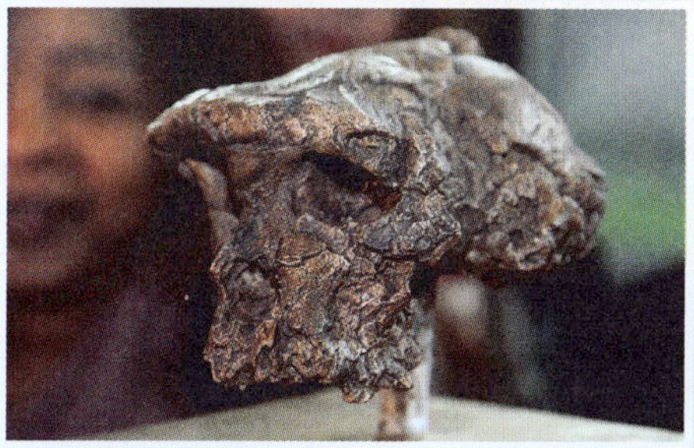
© JACQUES DEMARTHON/AFP

Français

Reconnaître un verbe et identifier son sujet

Le début de l'histoire figure page 2

Un petit robot ouvrit grand la porte. Derrière lui, une dame d'un certain âge aux cheveux blancs agitait un tournevis d'un air enjoué :

– Grannie, je te trouve enfin ! s'exclama Jules.

– Mon chéri, je suis contente de te voir et de te présenter ma dernière invention : Norbert. Norbert est particulièrement serviable mais ce qui le caractérise surtout, c'est sa passion pour les livres, qu'il dévore littéralement.

Norbert agita timidement sa main électronique vers le garçon en signe d'amitié.

En levant la tête, Jules s'aperçut que toutes les étagères de la bibliothèque étaient vides.

– D'après mes calculs, poursuivit Grannie, quand ce robot aura absorbé tous mes livres, donc précisément 3 521 volumes, il devrait acquérir une nouvelle forme d'intelligence.

1 **a) Mets la première phrase du récit ci-dessus au présent.**

→ Un petit robot ....

b) Quelle est la classe grammaticale du mot que tu as modifié ? ....

Mini-Cours

- Le verbe est la seule catégorie de mots qui se conjugue : il varie en temps, en mode et en personne, en fonction de son sujet.
- Le sujet précède en général le verbe mais il est parfois inversé.
- C'est le plus souvent un nom, un groupe nominal ou un pronom ; il peut aussi être un verbe à l'infinitif ou une proposition.

2 **Dans chacune de ces phrases, colorie en bleu le ou les verbes conjugués et souligne leur sujet.**

1. Des programmes informatiques surpassent l'homme dans certaines de ses capacités.
2. Dans la plupart des programmes, cependant, la machine simule l'intelligence.
3. Elle semble agir comme si elle était intelligente.
4. Aujourd'hui arrivent sur le marché des robots humanoïdes.

Attention

Il y a deux verbes dans la phrase 3.

3 **Dans l'exercice précédent, relève le verbe dont le sujet est inversé.**

....

CORRIGÉS p. 85

Accorder un verbe avec son sujet

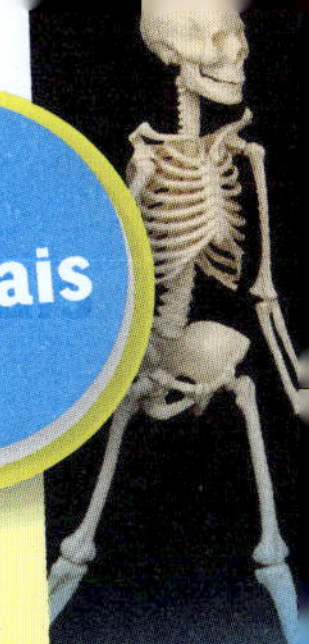

Mini-Cours

- Le verbe s'accorde avec son sujet, en nombre (singulier ou pluriel) et en personne (1re, 2e ou 3e personne).
- Quand le verbe est séparé du sujet par un complément, il faut faire attention à bien l'accorder avec le sujet et non avec le complément.
Ex. : *Julie aime les haricots. Elle les cuisine à la vapeur.*
- S'il a plusieurs sujets, le verbe se met au pluriel. Ex. : *Jules et Julie s'entendent bien.*

1 **Forme six phrases en trouvant le sujet correspondant à chaque verbe.**

Je •	• vais chez mes grands-parents.
Tu •	• partons faire une balade à vélo.
Pauline •	• rêvent d'aller au Pérou.
Jules et moi •	• n'aimez observer les étoiles.
Ni lui ni toi •	• gardes toujours ton calme.
Mes parents •	• doit faire un exposé sur les robots.

2 **Replace les verbes de la liste dans le récit ci-dessous.**

ai – allais – es arrivé – commençait – revint

– Tu .... pile à temps, conclut Grannie, brandissant une grosse encyclopédie au-dessus de sa tête. J'.................................... justement donner à Norbert le 3 521e livre, le dernier de ma bibliothèque...

Elle inséra le volume entre les mâchoires du robot, qui .... déjà à en mâchonner les pages, quand un immense coup de tonnerre retentit, suivi d'une coupure de courant.

– Saperlipopette ! s'exclama Grannie.

L'électricité .... immédiatement, mais le mal était fait : le dernier livre de la bibliothèque gisait au sol, déchiré, inutilisable.

– Je n'.................................... plus aucun livre, grogna Grannie. Impossible de terminer le programme.

– J'ai peut-être une solution, intervint Jules. Mais il va falloir attendre que j'aie fini mon cahier de vacances...

3 **Fais le bon choix !**

1. Je vous ☐ trouve ☐ trouves courageux !
2. Cette émission nous ☐ intéresse ☐ intéresses beaucoup.
3. Elle les ☐ regarde ☐ regardent partir, le cœur gros.
4. Quel bon vent vous ☐ amène ☐ amènent ?

4 **Mets les verbes en bleu à l'imparfait en prenant garde à l'accord.**

1. Voici le stade où (s'entraîner) .... les joueurs.
2. L'arrivée des grosses chaleurs nous (inciter) .... à faire de longues siestes.
3. Ni lui ni elle ne (être) .... responsables.
4. Gwendoline aimait ces lieux qui lui (rappeler) .... son enfance.

CORRIGÉS p. 85

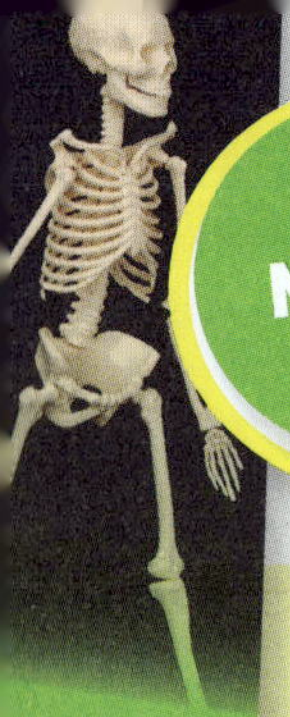

Maths

Lire, écrire et comparer les nombres décimaux

Mini-Cours

- Un nombre décimal peut être noté en écriture décimale ou en écriture fractionnaire.
Par exemple, un dixième se note 0,1 en écriture décimale ou $\frac{1}{10}$ en écriture fractionnaire.
- Pour ranger les nombres :
– dans l'ordre croissant, on utilise le signe « < », qui se lit « est inférieur à ... » ;
– dans l'ordre décroissant, on utilise le signe « > », qui se lit « est supérieur à ... ».

Petite info

Unités de longueur :
1 m = 10 dm = 100 cm = 1 000 mm
et 1 km = 1 000 m
Unités de masse :
1 g = 10 dg = 100 cg = 1 000 mg
et 1 kg = 1 000 g

1 **En utilisant la droite graduée ci-dessous :**

a) Place les points suivants :
l'origine O ; A (3) ; B (1,8) ; C $\left(\frac{7}{10}\right)$ et D $\left(4+\frac{4}{10}\right)$.

b) Complète avec l'abscisse des points suivants :
E (..........) ; F (..........) ; G (..........) ; H (..........).

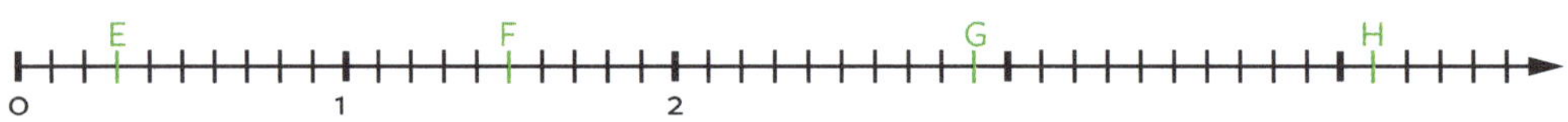

2 **Complète avec un des signes suivants :** > < =

8,605 .... 8,62 | 76 .... 75,999999 | 56,48 56,048

312 millièmes .... 0,0312 | $\frac{32}{100}$ .... 0,32 | $\frac{5}{10}$ .... $\frac{51}{100}$

3 Voici des renseignements concernant quelques poissons d'eau douce.

	Perche	Brochet	Carpe	Silure	Anguille
Durée de vie moyenne	7 ans	10 ans	16 ans	20 ans	15 ans
Poids moyen	0,3 kg	3 kg	5 kg	20 kg	$\frac{1}{2}$ kg
Poids moyen en grammes					

a) Écris les noms des poissons en les rangeant dans l'ordre croissant de leur durée de vie.

....

....

b) Complète le tableau avec le poids moyen en grammes, puis écris les noms des poissons en les rangeant du plus léger au plus lourd.

....

....

CORRIGÉS p. 85

Faire des constructions à la règle

Maths

1 **Sur la figure ci-dessous :**

a) Trace en bleu les droites (AC) et (BD) et appelle I leur point d'intersection.

b) Trace en vert le segment [AD] et en rouge les demi-droites [AB) et [DC).

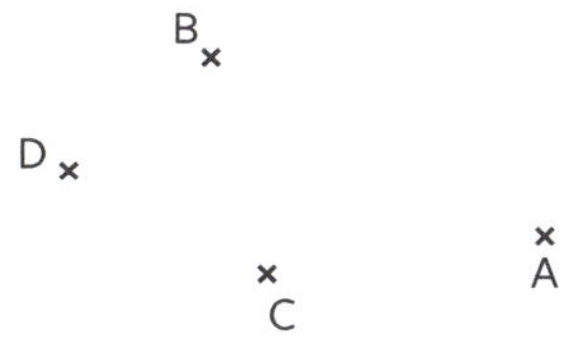

Mini-Cours

- La **droite** passant par les points A et B se note (AB).
- Le **segment** d'extrémités C et D se note [CD].
- La **demi-droite** d'origine E qui passe par F se note [EF).
- d et d' sont sécantes. Si elles forment 4 angles droits, on dit qu'elles sont **perpendiculaires**. On peut noter $d \perp d'$.

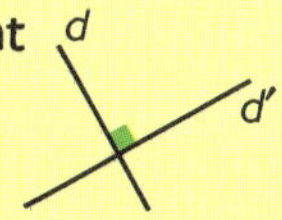

- d et d' ne sont pas sécantes, on dit qu'elles sont **parallèles**. On peut noter $d // d'$.

2 **Soit MNOP un rectangle.**

a) Place le milieu I du côté [MN].

b) Place le point J tel que P soit le milieu de [IJ].

c) Place le point K sur la droite (PI) tel que N, O et K soient alignés.

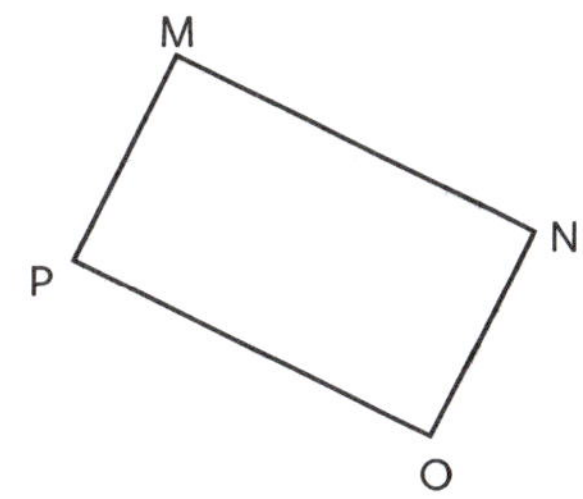

3 **Sur la figure ci-contre :**

a) Trace les droites suivantes :

- d_4 parallèle à d_1 qui passe par le point A,
- d_5 perpendiculaire à d_1 qui passe par le point B,
- d_6 perpendiculaire à d_2 en C.

b) Place le point D, à l'intersection des droites d_5 et d_6.

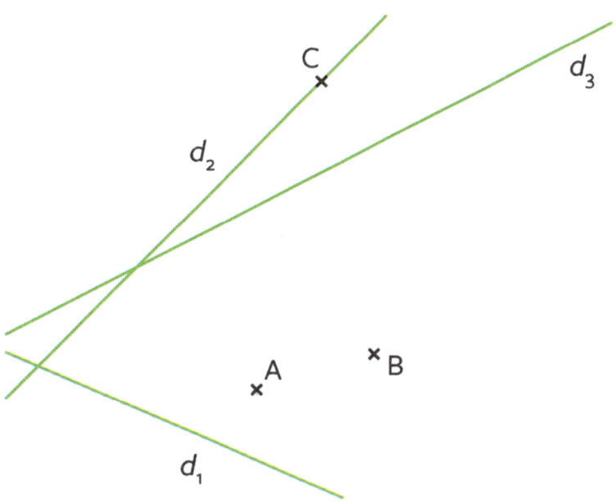

4 **Sur la figure ci-contre :**

a) Sur le segment [AB], place dans l'ordre les points D, E, F, de manière que AD = DE = EF = FB.

b) Sur le segment [AC], place dans l'ordre les points G, H, I, de manière que AG = GH = HI = IC.

c) Trace maintenant les segments [CD], [IE], [HF], [GB]. Combien de triangles as-tu tracés : 5, 10, 15 ou plus ?

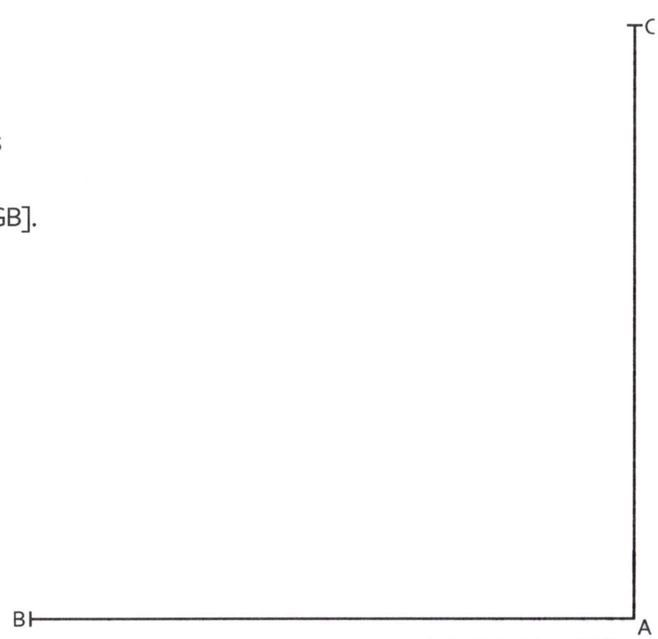

CORRIGÉS p. 85

Se présenter

At St. Pancras station

Debbie : Sébastien! We're here!
Sébastien : Hello Debbie! I'm so happy to see you!
Debbie : Look, Sebby! All my family's here for you: my mother (her name is Jane), my father (his name is Ian), my little sister Loreen who is eight and my big brother Godfrey who is fourteen.
Sébastien : Good evening, everybody! Nice to meet you.
Debbie's family : Welcome to England, Sébastien!

- *Sebby:* diminutif pour Sébastien
- *all my family:* toute ma famille
- *nice to meet you:* enchanté de vous rencontrer

1 Qui sont, pour Debbie, les personnages cités dans la colonne de gauche ?

Godfrey •	• her father
Loreen •	• her mother
Jane •	• her penfriend
Ian •	• her brother
Sébastien •	• her sister

Petite info

Ces informations sont dans le dialogue : Debbie accueille son correspondant français Sébastien et lui présente sa famille.

Mini-Cours

- La conjugaison de *be* (être) au *présent* a trois formes : *I am* (*'m*), *he/she/it is* (*'s*), *we/you/they are* (*'re*). À la forme négative, on ajoute *not*, que l'on peut souvent contracter : *he isn't, they aren't*. Dans les questions, l'auxiliaire *be* précède le sujet.
Ex. : *Are you French? Where is her sister?*
- En anglais, le déterminant possessif de la 3e personne du singulier s'accorde avec le possesseur. Pour parler du téléphone portable de Debbie, on dira *her mobile phone*, mais, pour parler de celui de Sébastien, on dira *his mobile phone*.

2 Observe l'arbre généalogique de Sébastien et aide-le à se présenter.

– My name is Sébastien and I'm .... years old. Christophe is my .... and Sylvie is my .... I've got one .... His .... is Alexis and he .... fifteen.

3 Complète les phrases en conjuguant *be* au présent à la forme qui convient.

1. Sébastien .... French. At the moment, he .... in England, he .... in France. ***2.*** Debbie .... his English penfriend. She .... twelve and a half. ***3.*** Debbie's parents .... at the station to welcome Sebby. ***4.*** Where .... Alexis?

CORRIGÉS **p. 85**

Décrire des lieux

Anglais

Debbie's house

DEBBIE : Here's our house. Come in, Sebby! And make yourself at home.

SÉBASTIEN : Thank you. Where is my room, please?

DEBBIE : Come on up! There are six rooms and four bedrooms upstairs. Your bedroom is between my parents' and the playroom, opposite our bedroom.

SÉBASTIEN : And where is the bathroom?

DEBBIE : Well, there's one downstairs, opposite the living-room, and there's one upstairs, just behind you. Look!

- *make yourself at home:* fais comme chez toi
- *come (on) up!:* monte !
- *upstairs* (en haut) ≠ *downstairs* (en bas)
- *playroom:* salle de jeu
- *opposite:* en face de

1 **À l'aide du dialogue, complète le plan du premier étage de la maison de Debbie.**

① Debbie and Loreen's bedroom – ② their parents' bedroom – ③ Sebby's room – ④ bathroom

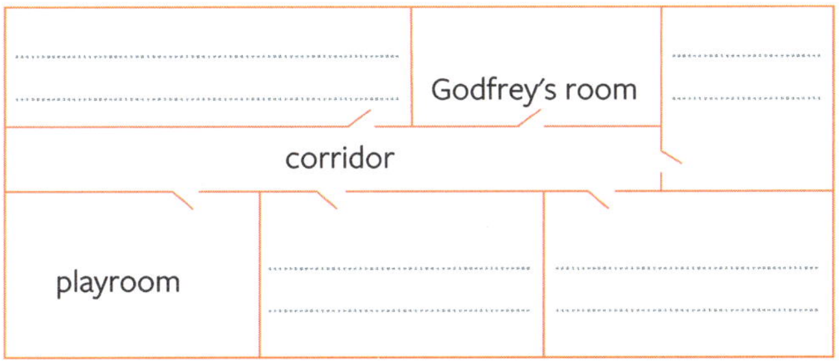

Mini-Cours

- Pour décrire des lieux, on peut utiliser :
  - *there is* + groupe nominal singulier ;
  - *there are* + groupe nominal pluriel.

  Dans les deux cas, on traduit par *il y a*.
- Prépositions de lieu.

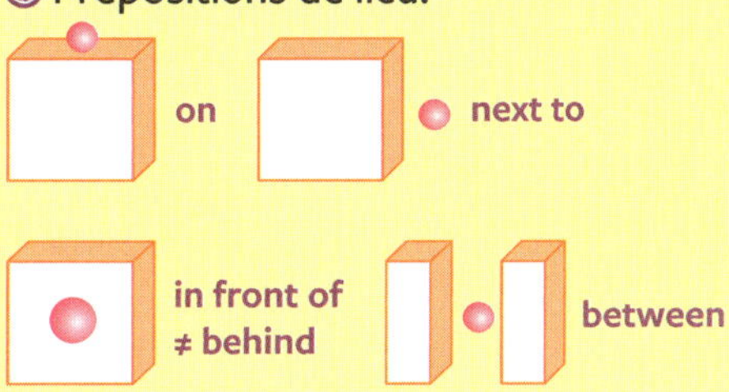

- *Where?* interroge sur le lieu. *How many?* (+ nom pluriel) interroge sur le nombre.

2 **Complète le dialogue en utilisant *there is* ou *there are* à la forme qui convient.**

– How many bedrooms .... in Debbie's house?

– .... four bedrooms, I think.

– .... a bathroom?

– Actually, ... two bathrooms.

– .... a garden?

– No, ... a garden.

3 Voici la chambre de Sébastien. **Complète sa description à l'aide des prépositions de lieu ci-contre :**

My bedroom is nice and comfortable. .... my bed, there is a lamp .... a small table. There is a chair .... the desk. I found a guitar .... the bed and the desk, but I don't know if there are any musicians in Debbie's family.

CORRIGÉS p. 85

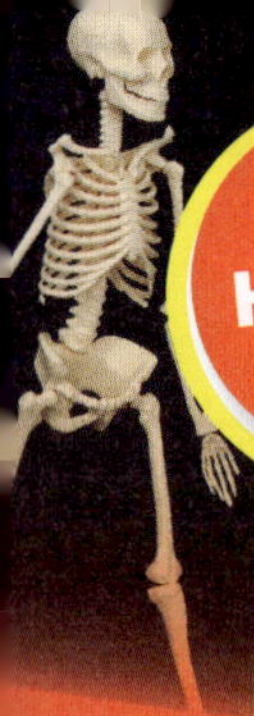

Histoire

Les débuts de l'Humanité

Mini-Cours

- Les humains descendent des autres hominidés (grands singes et australopithèques). Ils sont apparus en Afrique il y a 2,5 millions d'années, avec l'espèce *Homo habilis* (homme habile) qui fabrique les premiers outils.
- D'autres espèces apparaissent plus tard : *Homo erectus* (homme debout), il y a 2 millions d'années, l'homme de Néandertal et *Homo sapiens* (homme intelligent) il y a 200 000 ans. Ces espèces ont disparu, sauf *Homo sapiens* qui, en migrant à partir de l'Afrique, a peuplé toute la Terre.

1 **Comment appelle-t-on la longue période de la vie des Hommes qui précède l'invention de l'écriture ?**

....

2 **En t'aidant de la carte, coche la bonne réponse.**

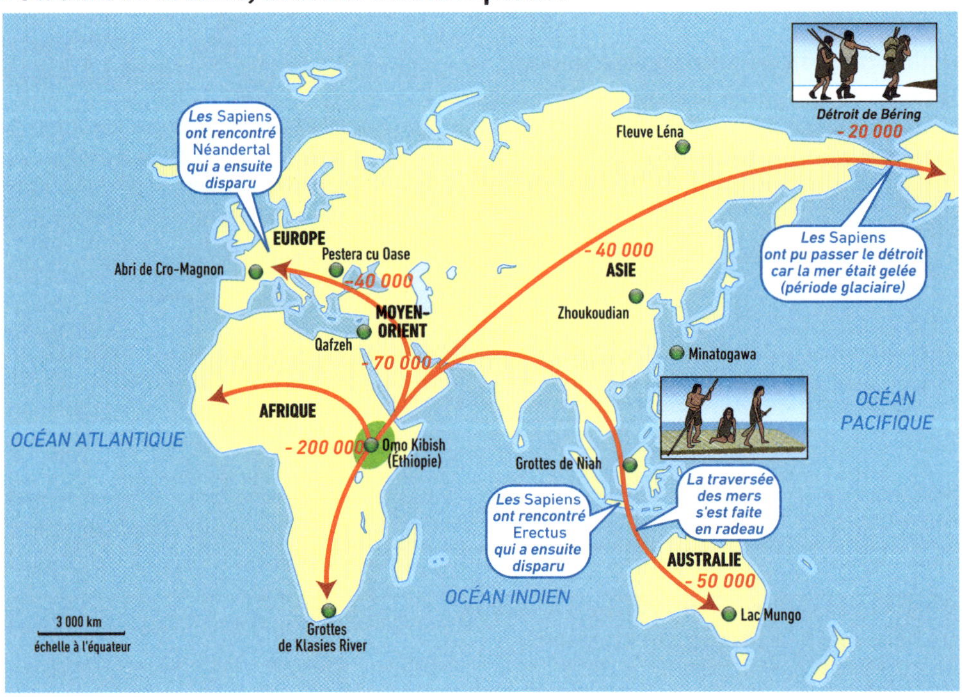

- L'*Homo sapiens* est apparu :
  ☐ en Asie ☐ en Amérique ☐ en Afrique
- Où l'*Homo sapiens* a-t-il rencontré l'homme de Néandertal (qui a ensuite disparu) ?
  ☐ en Europe ☐ en Amérique ☐ en Afrique
- Comment est-il passé de l'Asie à l'Amérique ?
  ☐ en radeau ☐ à pied ☐ en montgolfière
- Comment est-il passé de l'Asie à l'Australie ?
  ☐ en radeau ☐ à pied ☐ en montgolfière

3 **Vrai (V) ou faux (F) ?**

	V	F
Sapiens est la seule espèce humaine à avoir peuplé tous les continents.	☐	☐
Les premiers hommes étaient des agriculteurs.	☐	☐

Petite info

Ce sont des Homo sapiens qui ont peint la grotte Chauvet découverte en Ardèche en 1994. Tu peux visiter sa réplique ouverte en 2015.

CORRIGÉS **p. 86**

La cellule, unité du vivant

Mini-Cours

- Tous les êtres vivants sont constitués de cellules. Les êtres les plus simples, microscopiques, n'en possèdent qu'une seule : ils sont unicellulaires (exemples : les bactéries, les paramécies). Tous les autres, les plus nombreux, en comptent un très grand nombre.
- La cellule est l'unité constitutive des êtres vivants. Elle est limitée par une membrane, et contient notamment le cytoplasme et le noyau.

1 **Dessin d'observation d'une cellule.**

À partir de la photo, dessine dans le cadre une paramécie (animal composé d'une seule cellule) et annote le dessin avec les mots suivants :

membrane – cytoplasme – noyau

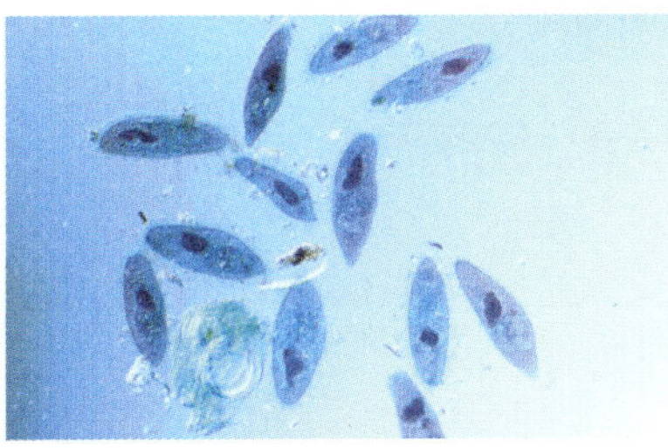
© C. Gautier/Jacana-Gamma-Rapho

Paramécies observées au microscope avec colorant, grossissement faible.
On distingue la membrane cellulaire, le cytoplasme et le noyau (tache sombre).

2 **Chercher l'intrus.**

Trouve l'intrus dans la liste, et justifie ton choix.

une feuille d'arbre • un merle • un lion • une rose • un crabe • un escargot • un cheval • une puce • un enfant • un caillou • un moustique • un chat • une poule • un requin • une moule • un cactus • un chêne • un éléphant • une libellule • un ver de terre • une fougère • une grenouille.

....

3 **Observer des cellules.**

a) Un jour de pluie, Mehdi et Charlotte décident d'observer des cellules. Peuvent-ils facilement le faire à la maison ? Pourquoi ?

....

b) Le lendemain, Paul apporte à l'école une mouche morte trouvée dans sa chambre, Élise un coquelicot, Nabata un escargot, et Romain un petit morceau de peau morte (le bout de son nez a pelé après un coup de soleil !).
Qui a fait le meilleur choix ?

....

CORRIGÉS p. 86

Check! *6 questions pour vérifier que tu as retenu l'essentiel.*

1 **Lis le texte et coche la bonne réponse.**

Aujourd'hui, la Terre est en danger. Que faut-il faire ? Tout le monde est concerné et doit s'efforcer d'agir. Mais il est difficile de passer à l'action.

a) Ce texte comporte ☐ 4 ☐ 5 ☐ 6 verbes conjugués.

b) Ce texte comporte ☐ 4 ☐ 5 ☐ 6 sujets, dont ☐ 1 ☐ 2 ☐ 3 sujet(s) inversé(s).

2 **Coche la forme verbale correcte.**

a) Chacun ☐ voudrait ☐ voudraient que les vacances ☐ dure ☐ durent.

b) Vous et moi ☐ aimons ☐ aimez les fleurs.

c) Trop de villes ☐ manque ☐ manquent d'espaces verts.

3 **Coche la bonne réponse.**

a) En rouge, c'est ☐ (AB) ☐ [AB) ☐ [AB].

b) En vert, c'est ☐ (AC) ☐ [AC) ☐ [AC].

c) En bleu, c'est ☐ (BC) ☐ [BC) ☐ [BC].

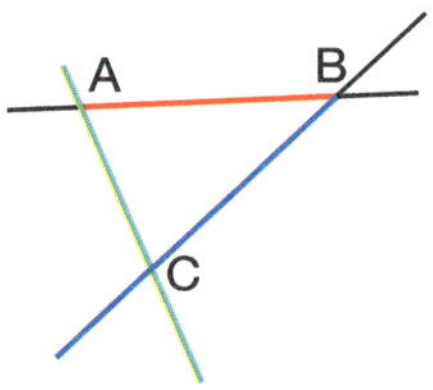

4 **Relie le début de chaque phrase à la fin qui lui correspond.**

My name •	• are you?
I •	• is Debbie.
How old •	• am twelve.

5 **De qui sommes-nous les descendants ?**

De l'*homo* ☐ *habilis* ☐ *erectus* ☐ *sapiens*

6 **Quels sont les principaux constituants d'une cellule ? Coche la ou les bonnes réponses.**

☐ le noyau ☐ la membrane ☐ le cytoplasme

☐ la carapace ☐ le corps

CORRIGÉS **p. 86**

WebQuest

Théories

Les recherches scientifiques s'appuient sur de nombreuses théories, c'est-à-dire des explications plausibles mais impossibles à vérifier totalement par l'expérience.

En consultant l'article Wikipédia sur la bipédie (https://fr.wikipedia.org/wiki/Bipedie), trouve en quoi consiste la « théorie de la savane », qui propose une explication des conditions ayant poussé l'ancêtre de l'Homme à se mettre debout.

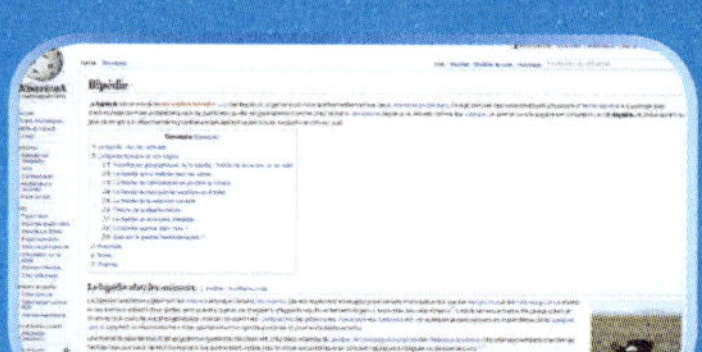

Réponse : « L'ancêtre de l'homme aurait appris à marcher parce que la forêt reculait au profit de la savane. »

ÉPISODE 2

© courtneyk/Istock

Zapping

D'où vient l'eau du robinet ?

Contrairement à une idée assez répandue, l'eau du robinet ne provient pas du recyclage des eaux usées ! Elle est captée dans les eaux souterraines (les sources, les puits) ou prélevée dans les rivières et les fleuves.

Si l'eau de source peut être bue sans risques pour la santé, l'eau de rivière, quant à elle, n'est pas potable. Elle doit donc être acheminée vers une station de traitement des eaux pour être purifiée, puis stockée dans un château d'eau à pression suffisante pour fournir toutes les habitations. Dans les grandes villes, le château d'eau est remplacé par des centrales hydrauliques qui pompent l'eau, la traitent et l'envoient vers les habitations et les usines. Aucun risque d'être empoisonné : l'eau du robinet est le produit alimentaire le plus contrôlé de France.

© Francis Leroy/Hemis

© clu/Istock

Français

Former des mots

Mini-Cours

- Le radical est la partie du mot qui porte son sens principal. Les mots d'une même famille ont le même radical. Ex. : *grand*, *grandeur*, *grandir*, *agrandir*.
- Ce radical peut être précédé d'un préfixe qui modifie le sens du mot.
Ex. : *agrandir* (rendre plus grand) est formé à partir du verbe *grandir* à l'aide du préfixe a-.
- Il peut être suivi d'un suffixe qui modifie le sens du mot et souvent sa classe grammaticale.
Ex. : *grandeur* (nom) est formé à partir de *grand* (adjectif) à l'aide du suffixe *-eur*.

1 **Dans chaque série, barre l'intrus.**

1. intéressant – atterrir – terrasse – terreux
2. dessaler – salière – saline – salamandre
3. cheval – chevalier – chevelure – cavalier
4. maritime – démarrer – marin – amerrir

Petite info

Dans chaque liste, un mot ne fait pas partie de la même famille.

2 **Trouve le nom correspondant à la description.**

1. nom formé à partir de *distribuer* avec le suffixe *-tion* : ....
2. nom formé à partir de *dépolluer* avec le suffixe *-tion* : ....
3. nom formé à partir de *puiser* avec le suffixe *-age* : ....
4. nom formé à partir de *traiter* avec le suffixe *-ment* : ....

3 **Complète le texte ci-dessous avec les mots trouvés dans l'exercice précédent.**

L'eau circule en permanence sur toute la surface de la Terre. Mais elle fait aussi un détour par nos robinets afin de satisfaire nos besoins quotidiens. On peut suivre son parcours, de son .... jusqu'à son retour dans la nature, en passant par son ...., sa .... et sa ....

4 **Complète chaque ligne du tableau avec des mots de la même famille.**

Nom	Adjectif	Adverbe	Verbe
grandeur	grand	grandement	agrandir
....	chaud	....	....
lenteur	....	....	....
....	....	également	....
....	....	....	éclairer
....	actif	....	....

CORRIGÉS p. 86

Comprendre un texte documentaire

Français

Mini-Cours

- Un texte documentaire donne des informations sur un sujet. Il contient souvent des définitions. Il peut être accompagné de visuels (schémas explicatifs, photos).
- Il utilise un vocabulaire précis et spécialisé.
- Il est généralement rédigé au présent de vérité générale (pour énoncer des faits toujours vrais).

1 **Lis attentivement ce texte documentaire puis complète le descriptif.**

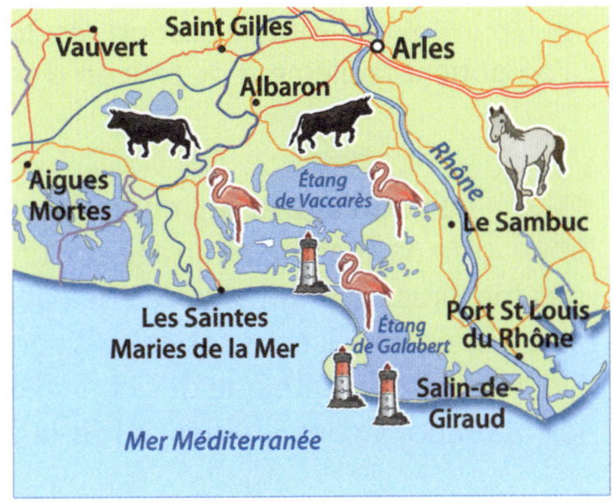

La Camargue agricole et rizicole – celle des grands mas voués à la culture du riz, des plantes fourragères, des fruits, des légumes et de la vigne – s'étend au nord du delta et sur les pourtours des deux bras du fleuve.

La Camargue sauvage et protégée se développe au centre et au sud. C'est la Camargue laguno-marine et le territoire des manades, troupeaux de taureaux et de chevaux de Camargue que conduisent les gardians.

Au sud se trouve la Camargue du sel. Le sel des marais salants est exploité à Salin-de-Giraud, cité ouvrière née de cette activité et située sur la commune d'Arles.

■ D'après *Encyclopædia Universalis*, article « Camargue ».

Petite info

La Camargue est une région méditerranéenne formée par le delta du Rhône. Elle est classée parc naturel régional.

La Camargue est divisée en trois zones :

- (au nord) ....
- (au centre et au sud) ....
- (au sud) ....

2 **Classe, dans le tableau, les informations données sur chacune de ces zones.**

Zones	Animaux	Produits de la terre et de la mer
Au nord	....	....
Au centre et au sud	....	....
Au sud	....	....

3 **Retrouve les mots du texte qui correspondent à ces définitions.**

1. embouchure d'un fleuve en forme de triangle : ....
2. troupeaux de taureaux et de chevaux : ....
3. relatif à la culture du riz : ....
4. bassins où on recueille le sel : ....

4 **À quel temps ce texte est-il écrit ? Justifie son emploi.**

- temps : ....
- valeur de ce temps : ....

CORRIGÉS **p. 86**

Additionner, soustraire, résoudre des problèmes

Mini-Cours

- Une somme est le résultat d'une addition. Les nombres que l'on ajoute s'appellent les termes de la somme.
- Une différence est le résultat d'une soustraction. Les nombres que l'on soustrait s'appellent les termes de la différence.
- Un ordre de grandeur est un résultat approximatif que l'on obtient facilement de tête en « arrondissant » les termes.

Indice

Dans un problème, les questions à se poser sont :
Ai-je bien compris l'énoncé ?
Qu'est-ce que je connais ?
Qu'est-ce que je cherche ?

1 **Le naufragé et les chenilles.**
Un navigateur, naufragé sur une île déserte, prend des mesures pour construire une cabane. N'ayant rien d'autre à sa disposition, il écrit ses calculs sur des feuilles de palmier. Un matin, il constate que des chenilles ont dévoré les feuilles : les opérations sont illisibles ! **Aide-le à les reconstituer :**

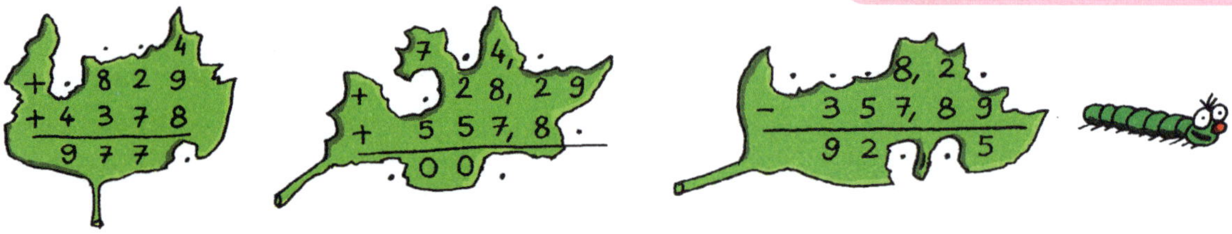

2 **Calcule en regroupant astucieusement les termes.**

a) 105 + 26 + 45 + 74 = ...

b) 200 + 51 000 + 9 000 + 1 800 = ...

c) 5,25 + 8,3 + 0,75 + 1,7 + 8 = ...

3 **Installer un chauffe-eau solaire.**
Pauline et Quentin se renseignent pour faire installer un chauffe-eau solaire avec un ballon de 200 litres à 2 780 € et une nouvelle douche avec économiseur d'eau à 187 €. Le coût de la main d'œuvre est de 995 €. On leur précise qu'ils auront droit à une aide de l'État correspondant à la moitié du prix du chauffe-eau.

a) Sans la calculatrice, détermine un ordre de grandeur du coût total de cette installation.

....

b) En utilisant la calculatrice, calcule :

1. Le montant de l'aide de l'État : ....

2. Le prix de revient de cette installation : ....

3. La somme qu'ils devront emprunter sachant qu'ils ont 1 500 € d'économies :

....

CORRIGÉS p. 86

Transformer par symétrie axiale

1 **Observe la figure ci-contre et complète les phrases suivantes.**

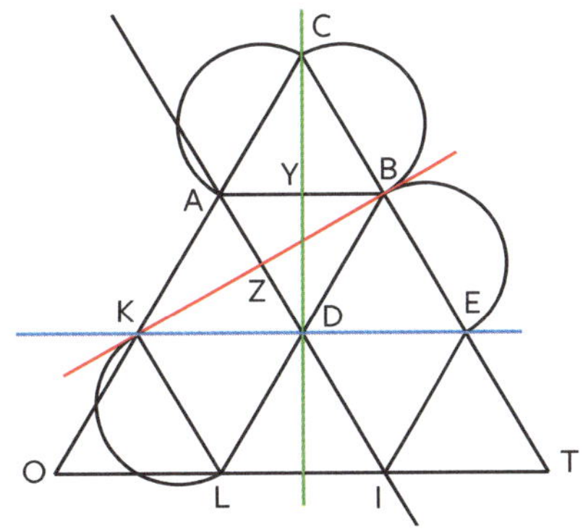

a) Dans la symétrie par rapport à (CD) :

- l'arc $\overset{\frown}{AC}$ a pour symétrique l'arc .... ;
- [KL] a pour symétrique .... ;
- le triangle EIT est le symétrique du triangle .... ;
- le triangle OAI a pour symétrique .... ;
- le triangle ABD a pour symétrique ....

b) L'arc $\overset{\frown}{KL}$ est le symétrique de l'arc $\overset{\frown}{BE}$ dans la symétrie par rapport à ....

c) Dans la symétrie par rapport à (KE), le symétrique du triangle LID est ....

d) Dans la symétrie par rapport à (KB) :

- [DE] a pour symétrique .... ;
- le losange ABDK a pour symétrique.........

2 **Pour chacune des figures ci-dessous,** trace le ou les axes de symétrie (s'il y en a) :

3 **Sur la figure ci-contre, construis :**
– les symétriques de tous les segments par rapport à la droite *d* ;
– le symétrique du demi-cercle.

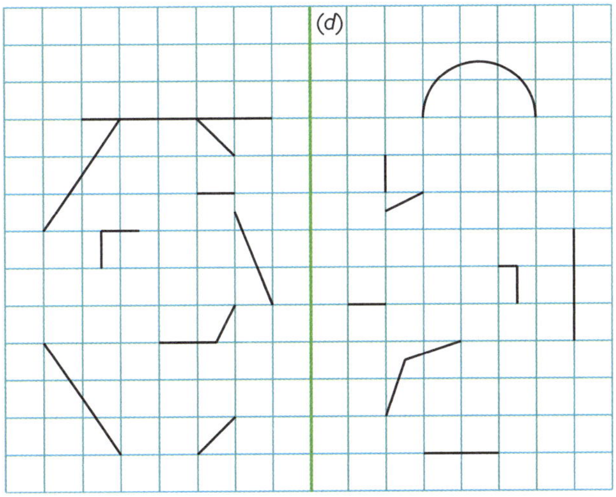

Mini-Cours

Construction du symétrique d'un point par rapport à une droite.

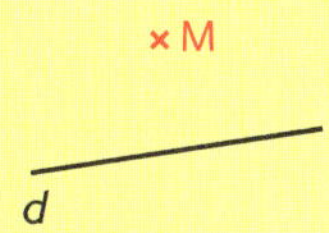

1. on trace la perpendiculaire à *d* qui passe par M.

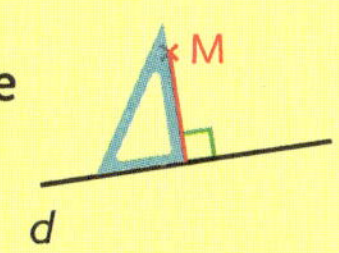

2. on prolonge et on reporte la même longueur.

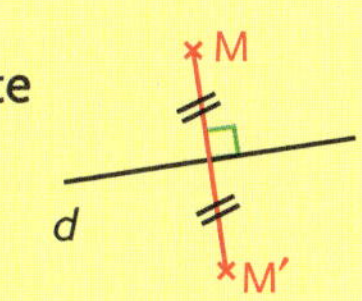

Une droite *d* est un axe de symétrie d'une figure si cette figure est sa propre symétrique par rapport à cette droite.

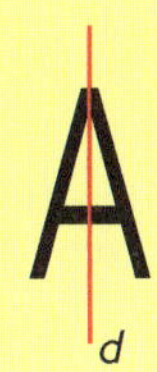

CORRIGÉS p. 86

Anglais

Donner l'heure et la date

A phone call from Mum

Jane : Eight double five O nine two, hello! Jane speaking.

Sylvie : Hello Jane! This is Sylvie. Is Sébastien with you now?

Jane : Of course he is! His train arrived at ten past four... but Debbie was so impatient that we were at the station at half past three!

Sylvie : So, what are your plans for the next few days?

Jane : Sebby's going to be very busy, you know: sports club tomorrow afternoon, then Devon on the twenty-third of July, Mme Tussaud's Museum on the thirty-first, and Brighton on the second of August.

- *Jane's speaking:* Jane à l'appareil
- *a few:* quelques
- *for the next few days:* pour les prochains jours
- *busy:* occupé

Mini-Cours

Donner l'heure

It is + minutes + *past* ou *to* + heure.

Ex. : *5:20 It is twenty past five.*
5:40 It is twenty to six.

Lire la date

(jour +) mois + nombre ordinal ou (jour +) nombre ordinal + *of* + mois

Ex. : *August the fifteenth* (noté *August 15th*) ou *the fifteenth of August* (noté *15th August*)

1 Relie les questions aux réponses qui correspondent.

What's the date today? •	• He is 12.
What time is it? •	• It's July 20th.
What's your phone number? •	• It's on June 21st.
How old is Sebby? •	• It's 10.
When is your birthday? •	• It's (01932) 256577.

2 Dessine les heures sur les cadrans.

four o'clock

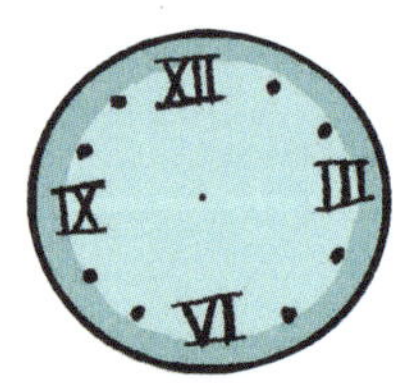

quarter to seven

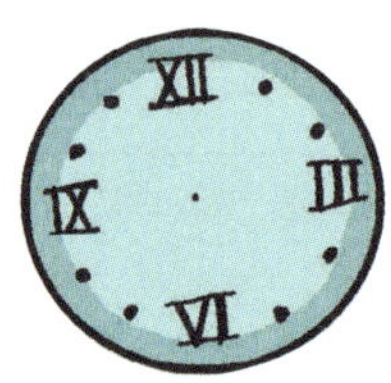

half past eight

twenty past nine

3 Retrouve les numéros de téléphone, dates et heures mentionnés dans le dialogue.

1. Sebby's train arrived at...

☐ 10:40 ☐ 10:04 ☐ 4:10 ☐ 4:40

2. Debbie's family was at St. Pancras station at...

☐ 3:30 ☐ 3:03 ☐ 8:03 ☐ 4:30

3. They're going to...

– Devon on ☐ 23/06 ☐ 23/07 ☐ 21/07

– Mme Tussaud's on ☐ 23/07 ☐ 30/06 ☐ 31/07

– Brighton on ☐ 22/07 ☐ 02/08 ☐ 22/08

Petite info

Il faut faire la différence entre les nombres qui servent à compter, donner un numéro de téléphone, dire l'heure ("one", "two", "three", "four"...) et ceux qui servent à ordonner et à dire la date ("the first", "the second", "the third", "the fourth"...).

CORRIGÉS p. 87

Décrire quelqu'un

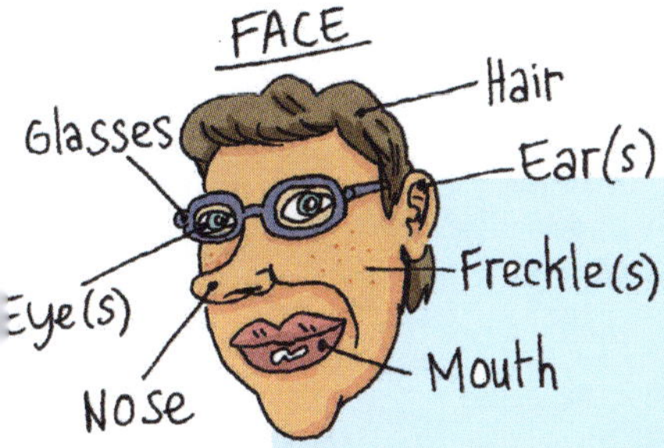

At the sports club

Debbie : Look at the girl who's playing tennis over there!

Sébastien : The girl with long dark hair?

Debbie : No, the girl on the right; the girl who's got curly blond hair, green eyes and freckles. She has got a white skirt on. Can you see her?

Sébastien : Oh, yes! She's very tall... and she can play very well. Who is she?

Debbie : Well, her name is Sandra... and I think she's Godfrey's girlfriend. She's pretty, isn't she?

- *over there:* là-bas
- *on the right:* à droite
- *curly (≠ straight):* bouclé(e)
- *a skirt:* une jupe
- *Can you see her?:* tu la vois ?
- *tall (≠ short):* grand(e)
- *girlfriend:* petite amie, copine
- *she's pretty, isn't she?:* elle est jolie, non ?

1 **Lequel de ces trois dessins représente Sandra ?**

①

②

③

Mini-Cours

- Pour décrire quelqu'un, on utilise *have got* (avoir) : *has got* (3ᵉ personne du singulier) et *have got* (autres personnes).
Aux formes négative et interrogative, on obtient : *she hasn't got, I haven't got, has he got? have they got?*
- Pour parler de ce que l'on sait faire ou non, de ce dont on est capable ou non, on utilise *can* ou *can't*. Ex. : *Debbie can ride a horse, but she can't play basketball.*

2 Voici ce que Sébastien sait et ne sait pas faire.
Relie le début de chaque phrase à la fin qui lui correspond.

✗	✓	✓

Sebby can •   • play tennis
                     • skate
Sebby can't •   • swim

3 **Complète les phrases suivantes en utilisant *have/has got* à la forme qui convient** (affirmative, négative ou interrogative).

1. Sandra .... curly blond hair. ***2.*** .... Debbie and Loreen .... blue eyes? ***3.*** No, they haven't. They .... brown eyes. ***4.*** Sebby .... a brother but he .... a sister.

CORRIGÉS p. 87

Géographie

New York, métropole peuplée

Mini-Cours

- New-York, métropole de pays développé, est la plus peuplée des États-Unis. Les habitants y sont divers et les espaces variés : les sièges sociaux des entreprises sont regroupés dans le centre-ville ; les quartiers résidentiels se trouvent en banlieue. Des quartiers plus anciens accueillent des populations défavorisées, formant parfois de véritables ghettos.
- New-York doit faire face à plusieurs défis : inégalités sociales, circulation, pollution...

1 **Qu'est-ce que la ville de New York évoque pour toi (pays, monuments, événements) ?**

....

....

....

....

2 **En t'aidant du graphique ci-contre, explique comment la ville de Tim, New-Yorkais, a évolué :**

1. Où la population a-t-elle le plus augmenté ?

☐ en ville

☐ en banlieue

2. Où la population est-elle la plus nombreuse ?

☐ en ville

☐ en banlieue

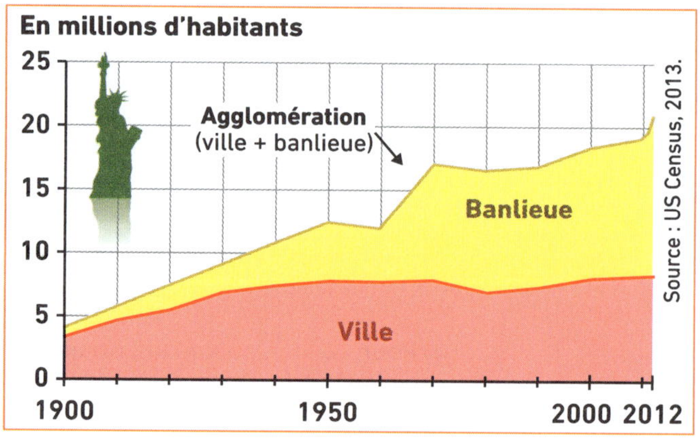

3 **Parcours la ville avec Tim et place le nom des lieux qu'il traverse :**

Bronx – Manhattan – banlieue – ghetto – CBD

Tim a rendez-vous avec son père, qui travaille à .... dans une des tours du Financial District, le quartier d'affaires (.....................................) le plus célèbre de New York.

Ils retournent ensemble dans leur pavillon situé en ....

Sur le chemin du retour, ils traversent le ...., un .... qui concentre une population majoritairement pauvre.

Petite info

Toutes les métropoles des USA possèdent un quartier des affaires (Central Business District) composé de grandes tours : s'y concentrent bureaux, banques, commerces et hôtels de luxe.

CORRIGÉS p. 87

L'eau dans tous ses états

Sciences

Mini-Cours

- L'Homme utilise quotidiennement l'eau. Mais avant d'arriver dans nos maisons, elle parcourt un long voyage au cours duquel elle change d'état. Elle peut ainsi se solidifier, fondre, s'évaporer ou se liquéfier.
- L'Homme capte l'eau des rivières et des nappes souterraines puis la traite pour la rendre potable. Les eaux usées sont décantées, filtrées puis traitées dans les stations d'épuration pour pouvoir être rejetées dans la nature sans perturber les écosystèmes.

1 **Complète le schéma du cycle de l'eau avec le nom des changements d'état ci-dessous :**

évaporation
évapotranspiration
fusion
liquéfaction
solidification

2 **Coche les bonnes réponses.**

- ☐ L'eau et le sable forment un mélange homogène.
- ☐ L'eau et la terre forment un mélange hétérogène.
- ☐ L'eau et le sucre forment un mélange homogène.
- ☐ L'eau et l'huile sont miscibles.
- ☐ L'eau et le vinaigre sont miscibles.

Indice

Attention : le mélange de certains produits ménagers peut provoquer un dégagement important de chaleur ou de gaz toxiques.

3 **Complète le texte à l'aide des mots suivants :**

décantation – filtration – homogène – hétérogène

- On verse de l'eau boueuse dans un bécher. Dans un premier temps, on laisse reposer le mélange. Sous l'effet de leur poids, les particules les plus lourdes se déposent au fond du récipient.
- Cette technique s'appelle la .... Le liquide qui surnage est un mélange .... (mélange dans lequel on peut voir à l'œil nu plusieurs constituants).
- Ensuite, on réalise une ....: c'est-à-dire qu'on sépare le liquide du solide par passage à travers un filtre. Le liquide obtenu est alors un mélange .... (dans lequel on ne voit, à l'œil nu, qu'un seul constituant). Il est limpide.

CORRIGÉS p. 87

Check! 6 questions pour vérifier que tu as retenu l'essentiel.

1 Coche la bonne réponse.

a) Le radical du mot désherbage est : ☐ herb ☐ herbage

b) *dés-* est un : ☐ préfixe ☐ suffixe

c) *-age* est un : ☐ préfixe ☐ suffixe

d) Raye l'intrus : herboriste – herbier – désherber – déserter

2 Complète le tableau suivant.

	ordre de grandeur du résultat	résultat exact
2 724 + 325 + 17,69	....	....
249 – 53,8	....	....

3 Coche la bonne réponse.

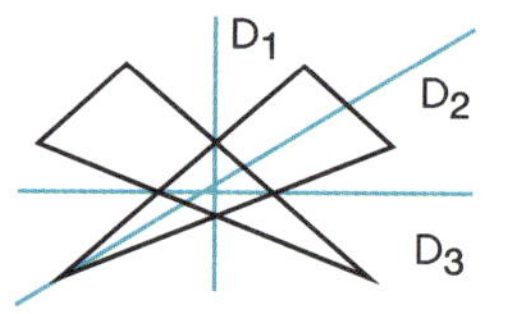

a) Cette figure a pour axe de symétrie :

☐ D1 ☐ D2 ☐ D3.

b) Le nombre d'axes de symétrie de cette figure est :

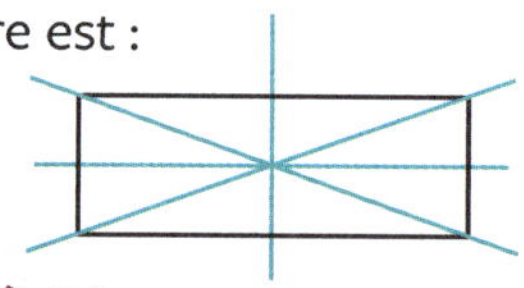

☐ 2 ☐ 3 ☐ 4.

4 Coche la bonne réponse.

a) It is...

☐ quarter past nine.

☐ half past nine.

☐ quarter to nine.

b) It is...

☐ the twentieth of July.

☐ the twenty-first of August.

☐ the twenty-third of August.

☐ the eighth of August.

5 Dans quel arrondissement (*borough*) se trouve le quartier des affaires (CBD) de New York ?

☐ Bronx ☐ Manhattan ☐ Brooklyn ☐ Queens ☐ Staten Island

6 Relie les mots ou expressions à leur définition.

Miscible •	• Séparation des constituants d'un mélange par passage à travers un filtre
Mélange homogène •	• Mélange aux constituants invisibles à l'œil nu
Mélange hétérogène •	• Se dit de liquides formant un mélange homogène
Filtration •	• Mélange aux constituants visibles à l'œil nu

CORRIGÉS **p. 87**

WebQuest

Qualité de l'eau

La qualité de l'eau du robinet est régulièrement testée partout en France. En utilisant l'outil du site *Que choisir ?*, compare la qualité de l'eau du lieu où tu habites et du lieu où tu es en vacances. Ces eaux ont-elles le même niveau de qualité ?

Parcours le texte présent sur la page pour trouver quels sont les six contaminants analysées de cette étude de qualité de l'eau.

Réponse : nitrates, pesticides, bactéries, sélénium, aluminium et radioactivité.

ÉPISODE 3

Zapping

Le mystère de la grande pyramide

Le « mystère » du plus gros monument en pierres jamais construit n'est pas une invention de scénaristes pour le cinéma ou la bande dessinée ! Pour les spécialistes de l'Égypte ancienne, la grande pyramide de Khéops n'a pas encore livré tous ses secrets. Comment des ouvriers ont-ils pu monter des plaques de granit de 63 tonnes à une époque (vingt-six siècles avant notre ère) où la roue n'existait pas ? Pourquoi ce tombeau géant, conçu pour accueillir la momie du pharaon Khéops, contient-il trois chambres et non une seule ? Comment expliquer la découverte d'un sarcophage vide dans l'une de ces chambres ? À quoi servaient les minces conduits de ventilation qui traversent la pyramide ? Autant d'énigmes qui, malgré les nombreuses expéditions d'égyptologues, n'ont pas encore trouvé de réponses définitives.

© sculpies/Istock

© JOSE ANTONIO PENAS/ SCIENCE PHOTO LIBRARY – Photononstop

Français — Reconnaître un nom et son déterminant

Guidés par un Grec, des savants ont pénétré à l'intérieur d'une pyramide à la recherche d'un trésor.

– Nous voici dans l'antichambre de la salle où doit se trouver le sarcophage ! s'écria Rumphius, laissant voir au-dessous de ses lunettes, qu'il avait relevées sur son front, ses yeux gris étincelants de joie.

- Jusqu'à présent, dit Evandale, le Grec a tenu sa promesse : nous sommes bien les premiers vivants qui aient pénétré ici depuis que dans cette tombe le mort, quel qu'il soit, a été abandonné à l'éternité et à l'inconnu.

■ Théophile Gautier, *Le Roman de la momie* (1858).

Mini-Cours

- Pour être employé dans une phrase, un nom commun a généralement besoin d'un déterminant.
- L'ensemble formé par le nom et le déterminant s'appelle un groupe nominal.
- Il existe plusieurs catégories de déterminants :
  - les articles définis (*le, la, l', les*) ;
  - les articles indéfinis (*un, une, des, de, d'*) ;
  - les déterminants démonstratifs (*ce, cet, cette, ces*) ;
  - les déterminants possessifs (*mon, ton, son, ma, ta, sa, notre, votre, leur, nos, vos, leurs*).

1 **Dans le premier paragraphe du texte ci-dessus :**

a) souligne les sept noms communs ;

b) entoure leur déterminant quand il existe.

Petite info

Un nom peut être utilisé sans déterminant, par exemple après une préposition (ex. : trembler de peur).

2 Jules rêve à voix haute. **Complète ses paroles avec les déterminants qui conviennent.**

En pénétrant dans .... salle .... musée du Caire, j'ai vu .... momie .... pharaon Ramsès III. Tout à coup, elle a enlevé .... bandelettes et j'ai aperçu .... hiéroglyphes tatoués sur .... jambe gauche.

3 **Relie chaque déterminant en bleu à sa classe grammaticale.**

ce tombeau •	
le pharaon •	• article défini
son sceptre •	• article indéfini
une main invisible •	• déterminant démonstratif
cette civilisation •	• déterminant possessif
leur enthousiasme •	

CORRIGÉS p. 88

Former le pluriel d'un nom

Français

Mini-Cours

- Un nom au pluriel prend généralement un s. Ex. : *un sac, des sacs.*
- Les noms qui se terminent par *-s*, *-x* ou *-z* ne changent pas au pluriel. Ex. : *une souris, des souris ; un choix, des choix ; un nez, des nez.*
- Certains noms ont un pluriel en *-x* :
  – la plupart des noms en -(e)*au* et *-eu* (*un seau, des seaux ; un feu, des feux*) ;
  – sept noms en *-ou* (*bijou, caillou, chou, genou, hibou, joujou, pou*).
- La plupart des noms en *-al* font leur pluriel avec le suffixe *-aux* (*un cheval, des chevaux*).

1 **Retrouve les noms ci-dessous dans la pyramide. Mais attention, ils sont au pluriel.**

animal – chacal – chameau – désert – hibou – lynx – nez – pou – riz – souris

Indice
Tous les sens de lecture sont autorisés.

							b							
						u	s	a						
					s	x	n	y	l					
				i	p	i	s	e	l	s				
			r	o	m	h	i	b	o	u	x			
		u	u	a	s	t	r	e	s	e	d	r		
	o	x	u	a	e	m	a	h	c	n	s	f	i	
s	s	x	s	l	a	c	a	h	c	p	a	n	e	z

2 **Un égyptologue a trouvé un papyrus sur lequel était écrite la recette d'une mystérieuse potion.** Il décide de la recopier sur son carnet en doublant les quantités pour pouvoir partager le breuvage avec son assistant. **Aide-le.**

1 bol d'eau de mer
1 noyau d'abricot
1 œil de crocodile
1 plume de vautour
1 cheveu de femme

2 bols d'eau de mer
_ _ _ _ _ _ _
_ _ _ _ _ _ _
_ _ _ _ _ _ _
_ _ _ _ _ _ _

Petite info
Les noms en -al font presque tous leur pluriel en -aux ; ce n'est cependant pas le cas de bal, carnaval, chacal et festival.

2 **Lis la règle complémentaire ci-dessous puis, dans chaque liste, trouve l'intrus.**
Règle complémentaire. Sept noms en *-ail* font leur pluriel en *-aux* : *bail → baux, corail → coraux, émail → émaux, soupirail → soupiraux, travail → travaux, vantail → vantaux, vitrail → vitraux.*

1. chou – trou – pou – hibou – genou
2. chacal – canal – bal – carnaval – festival
3. bail – éventail – soupirail – vitrail – émail
4. choix – riz – pois – rats – souris

CORRIGÉS p. 88

Construire et interpréter des graphiques

Mini-Cours

Un tableau ou un graphique permettent de visualiser rapidement une situation.

diagramme en bâtons

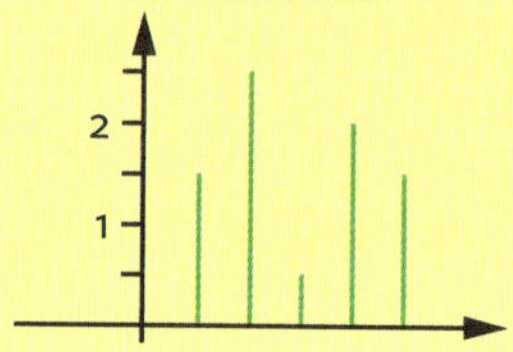

histogramme

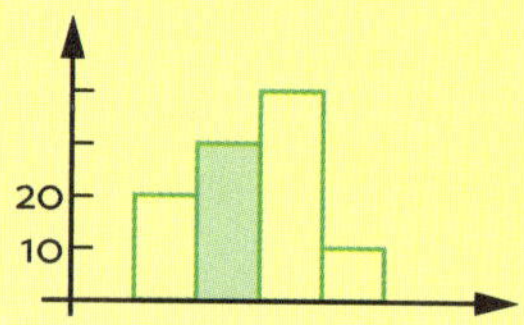

diagramme circulaire

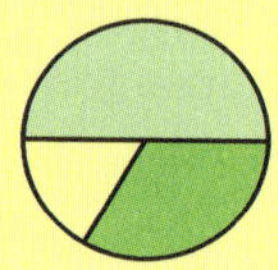

diagramme cartésien

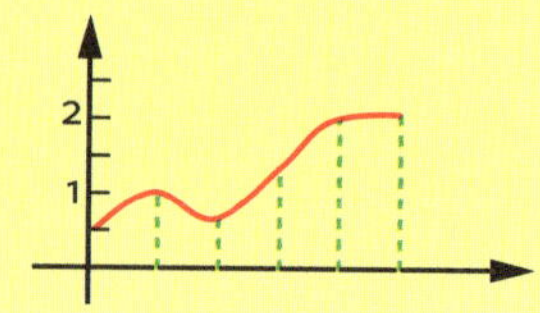

1 Maël observe le graphique cartésien de ses notes du 3e trimestre (en bleu) et des moyennes de la classe (en rouge). **Dans quelle(s) matière(s) est-il « en-dessous de la moyenne de la classe » ?**

....

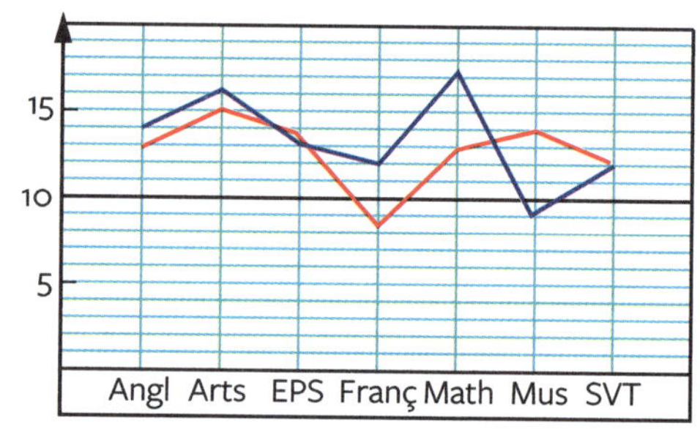

2 Le diagramme circulaire indique, en pourcentage, la production d'huîtres dans cinq zones de France ; le tableau, la production, en tonnes, dans les trois principales.
Complète le tableau en indiquant les pourcentages correspondants.

Bretagne	26 300 t	....
Loire – Poitou-Charentes	27 000 t	....
Nord – Normandie	16 200 t	....

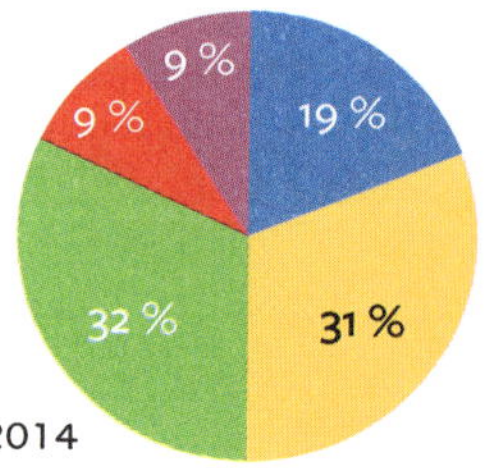

Source : Comité National de la Conchyliculture, 2014

3 En 2012, pour acheter un Big Mac, il fallait environ 16 minutes de travail à un Parisien, 16 minutes à un Londonien, 17 minutes à un Lyonnais, 9 à un habitant de Tokyo mais 49 à un citoyen de Budapest !
Complète l'histogramme et écris les légendes manquantes.

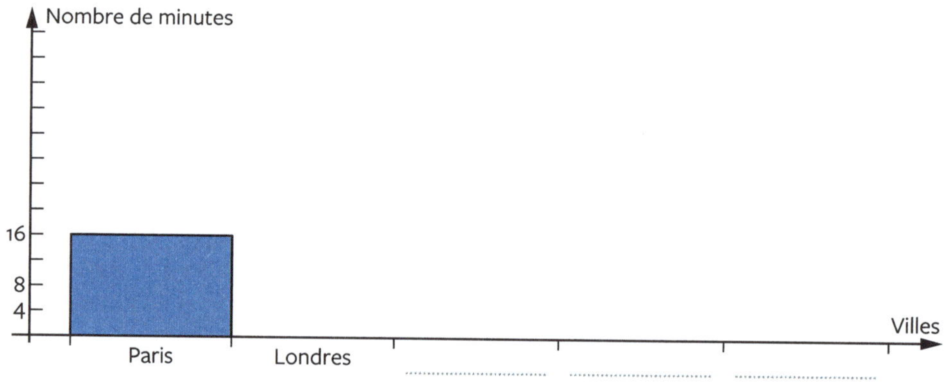

CORRIGÉS p. 88

Mesurer et tracer des angles

Mini-Cours

La nature d'un angle

angle aigu (entre 0° et 90°) — angle droit (90°) — angle obtus (entre 90° et 180°) — angle plat (180°)

La bissectrice d'un angle

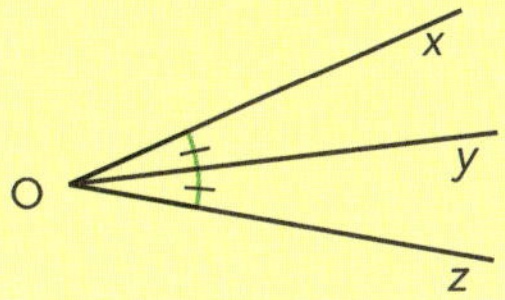

La **bissectrice** de l'angle $\widehat{xOz}$ est la demi-droite [Oy) qui partage cet angle en deux angles égaux, $\widehat{xOy}$ et $\widehat{yOz}$.

1 **Complète le tableau suivant** en nommant les angles avec trois lettres et en utilisant les mots aigu, obtus, plat et droit :

angle	rouge	vert	bleu	jaune	rose	noir
nom	....	....	....	....	....	....
nature	aigu	....	....	....	....	....

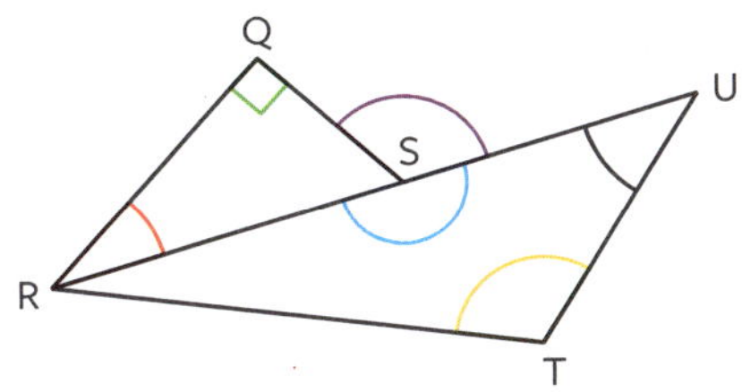

2 **Fais les mesures nécessaires puis complète :**

$\widehat{ABC}$ = ... $\widehat{BCD}$ = ...

$\widehat{CDA}$ = ... $\widehat{DAB}$ = ...

$\widehat{ABC} + \widehat{BCD} + \widehat{CDA} + \widehat{DAB}$ = ...

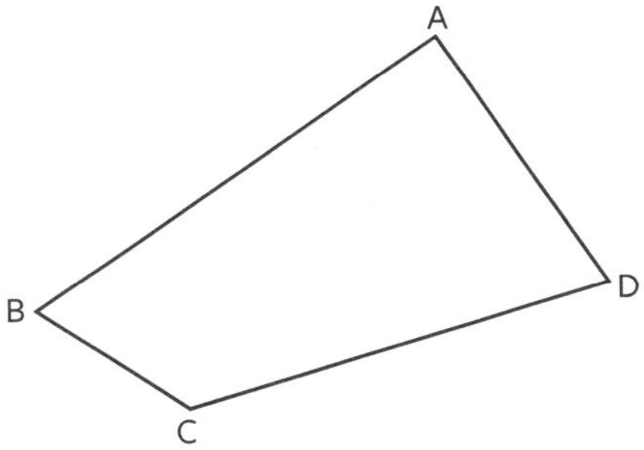

3 **Sur la figure ci-contre :**

a) Trace les demi-droites [AC), [AB), [DB), [DC), [EC), [EB).

b) Fais les mesures nécessaires puis complète :

$\widehat{CAB}$ = ... $\widehat{CDB}$ = ... $\widehat{CEB}$ = ...

c) Que constates-tu ?

....

....

....

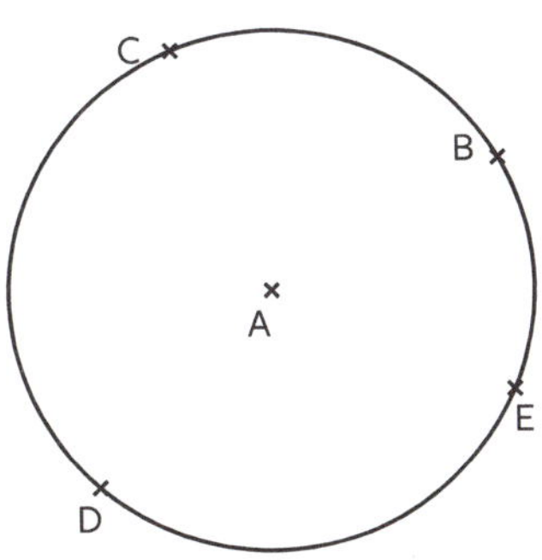

CORRIGÉS p. 88

Anglais

Exprimer l'appartenance

At Debbie's grandparents'

(*In the car, driving to Devon.*)

Debbie : I'm sure you're going to love my grandparents' house, Sebby. It's huge! And their garden is just great!

Sébastien : Whose parents are they? Your mother's or your father's?

Debbie : They're my father's parents.

Sébastien (*as the car is parking in front of the big house*) **:** Wow! A Porsche! Whose car is it? Your grandfather's?

Debbie (*laughing*) **:** No, it isn't! It's Uncle Will's car. Uncle Will is Dad's brother... and he's very funny.

- *to drive:* conduire, rouler
- *huge:* immense
- *just great:* tout simplement génial
- *to laugh:* rire
- *funny:* drôle

1 **Coche à qui appartiennent les choses ou quel est le lien de parenté des personnes dont parlent Sébastien et Debbie dans ce dialogue.**

Whose are these ?	Debbie's	her grandparents'	her mother's	her father's	her uncle's
house	☐	☐	☐	☐	☐
garden	☐	☐	☐	☐	☐
parents	☐	☐	☐	☐	☐
uncle	☐	☐	☐	☐	☐
brother	☐	☐	☐	☐	☐
Porsche	☐	☐	☐	☐	☐

Mini-Cours

- Pour demander à qui appartient quelque chose, ou connaître un lien de parenté, on utilise *whose* suivi de la chose ou de la personne dont on parle.
Ex. : *Whose camera is it? Whose parents are they?*
- Pour répondre, on peut utiliser :
  - les déterminants possessifs : *my, your, his, her, its, our, your, their* ;
  - le génitif qui se construit ainsi : possesseur + *'s* + objet possédé. Ex. : *It's Jane's camera.*

2 **Remets ces mots dans l'ordre pour faire des phrases correctes.**

1. ?/ whose/ racket/ this/ is → ....

2. ?/ they/ are/ 's/ parents/ Jane → ....

3. parents/ car/ '/ my/ is/ ./ old → ....

Petite info

S'il y a plusieurs possesseurs, avec un nom pluriel qui se termine par -s, on ajoute seulement l'apostrophe.
Ex. : My parents' car.

3 **Complète les phrases suivantes avec le déterminant possessif correspondant au sujet souligné.**

1. I am here with .... sister Carina. **2.** Uncle Will is here with .... girlfriend. **3.** Debbie, Loreen and .... brother Godfrey are visiting .... grandparents this week-end. **4.** Are you and .... family coming too?

CORRIGÉS **p. 88**

Permettre, interdire

At the swimming pool

Debbie : I'm going to park the bikes. Can you buy the tickets?

Sébastien : Of course, I can. See you in the hall.
(*to the cashier*) Good afternoon. Can I have two tickets, please?

Cashier : Here you are. £ 3.20, please.

Sébastien (*giving the money*) **:** Can we play ball in the swimming pool, please?

Cashier : Yes, you can play in the big pool, if you can swim well, but you must be careful. You mustn't play near the paddling pool.

- *I'm going to park the bikes:* je vais garer les vélos
- *see you in the hall:* on se retrouve dans l'entrée
- *cashier:* caissier/caissière
- *£ (pound):* livre sterling (monnaie britannique)
- *paddling pool:* pataugeoire

1 **Coche la valeur des auxiliaires modaux dans ces phrases extraites du dialogue.**

	capacité	permission	obligation	interdiction
you **can** play in the big pool	☐	☐	☐	☐
if you **can** swim	☐	☐	☐	☐
you **must** be careful	☐	☐	☐	☐
you **mustn't** play	☐	☐	☐	☐

2 **Complète les phrases à l'aide de *can, must* ou *mustn't*.**

1. In the swimming pool, you .... swim, of course, and you .... play ball. But you .... run next to the pool, because it's dangerous.

2. You .... wear swimming trunks! If not, you .... go out!

3 **Voici les panneaux que Sébastien voit à l'entrée de la piscine. Coche ce qu'ils signifient.**

1.

- ☐ You can't let your dog in.
- ☐ You can let your dog in.
- ☐ You must let your dog in.
- ☐ Dogs can't swim very well.

2.

- ☐ You can use the litter baskets.
- ☐ You must use the litter baskets.
- ☐ You mustn't use the litter baskets.
- ☐ Only boys must use the litter baskets.

3.

- ☐ You mustn't dive.
- ☐ You can't swim.
- ☐ You mustn't swim.
- ☐ You must dive.

Mini-Cours

- *Can* et *must* sont des auxiliaires modaux. Ils ont la même forme à toutes les personnes et sont suivis de la base verbale. On leur ajoute *not (n't)* à la forme négative.
Ils précèdent le sujet à la forme interrogative.
Ex. : *You mustn't play here.*
Can I come with you?
- *Must* permet de parler de ce que l'on doit faire, de ce qui est obligatoire ou nécessaire.
- *Can* peut exprimer ce que l'on est capable de faire, mais aussi ce qu'il est possible ou permis de faire.

Indice

- *litter baskets: poubelles*
- *to dive: plonger*
- *swimming trunks: maillots de bain pour homme*

CORRIGÉS p. 88

Histoire

Les premiers États dans l'Orient ancien

Mini-Cours

- Au IIIe millénaire av J.-C. apparaissent dans l'Orient ancien les premiers États ainsi que de grandes civilisations.
- En Mésopotamie, des rois dirigent des cités-États au territoire réduit comme Ur. C'est la que sont nées les plus anciennes formes d'écriture dont nous avons gardé la trace : des pictogrammes puis des signes cunéiformes (en forme de coins) sur des tablettes d'argile.
- En Égypte, un vaste royaume ayant pour capitale Memphis est unifié sous l'autorité du Pharaon.

Les scribes écrivent en hiéroglyphes sur du papyrus.

1 À l'occasion des cérémonies officielles, Pharaon portait des insignes symbolisant son pouvoir. **Relie chaque insigne à sa signification.**

Le fléau  •

Le bâton de berger  •

La barbe postiche des dieux  •

Les couronnes de Haute et Basse-Égypte  •

Le cobra et le vautour protecteurs  •

- Pharaon est le seul maître et propriétaire de l'ensemble du pays.
- C'est un dieu vivant, fils du dieu Soleil Rê.
- Il est protégé par des animaux « magiques ».
- Chef de la justice, il porte une sorte de fouet qui symbolise son pouvoir de punir.
- C'est le guide du peuple de la vallée du Nil et le garant des récoltes.

2 **Retrouve trois noms qui se rapportent à la civilisation de l'Égypte antique.**
Pour cela, remplace chaque lettre par celle qui lui succède dans l'alphabet.

1. R B Q H A D R

Les .... sont des fonctionnaires qui savent lire et écrire.

2. G H D Q N F K X O G D R

Les .... sont les signes utilisés pour écrire. Chaque signe désigne une chose, une idée ou un son.

3. O Z O X Q T R

Le .... est le support, tiré d'une plante du bord du Nil, sur lequel on écrit.

Petite info

Vers 1 200 avant J.-C., les Phéniciens inventent l'alphabet qui simplifie l'écriture. Chaque signe représente un son.

CORRIGÉS p. 88

Les micro-organismes dans la production et la conservation des aliments

Sciences

Mini-Cours

- Certains micro-organismes (êtres vivants microscopiques) sont utiles et même indispensables, tandis que d'autres sont responsables de maladies.
- Les levures sont des champignons microscopiques utilisés dans la fabrication du pain. En se nourrissant, elles rejettent du dioxyde de carbone, gaz qui forme des petites bulles dans la mie de pain.
- Pour détruire les micro-organismes nuisibles à la conservation de certains aliments (lait, fromage), l'Homme utilise souvent la pasteurisation (procédé de chauffage). Hermétiquement emballé, l'aliment pasteurisé se conserve plus longtemps.

1 **Observe le document et souligne les ingrédients utilisés dans la fabrication du pain.**

Farine obtenue par le broyage des grains de blé

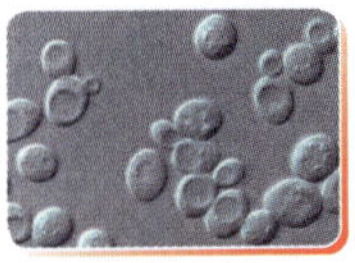
Levure de boulanger

Eau Sel

On obtient une pâte à pain qui lève grâce au dioxyde de carbone produit par les levures (fermentation) et à l'élasticité du gluten.

Découpage des pâtons et mise au four.

Le pain est un aliment nourrissant

2 **Relie chaque ingrédient à son rôle dans la fabrication du pain.**

farine (amidon et gluten) •	• améliore le goût
sel •	• fait lever la pâte
levure •	• apporte les substances nutritives

3 **Conserver les légumes du jardin.**

Le père de Julien cultive un petit potager à la maison. Il récolte des haricots verts, des carottes. Afin de les conserver pour l'hiver, il les plonge dans l'eau bouillante, puis les met en bocaux. Il place ensuite les bocaux pendant deux heures dans une bassine d'eau, maintenue bouillante, avant de les ranger.

1. Explique la raison de toutes ces manipulations. ....

....

2. Quel est le nom de ce procédé ? ....

3. Propose un autre moyen moderne de conserver ces légumes, et explique en quoi il est efficace.

....

....

CORRIGÉS p. 88

Check ! 6 questions pour vérifier que tu as retenu l'essentiel.

1 **Lis le texte et complète les phrases.**

Mes parents sont égyptologues. Ils s'intéressent à l'Égypte et à ses secrets. Mon frère préfère la mythologie romaine. Ce garçon m'étonnera toujours !

a) Ce texte compte .... déterminants. **b)** Ce texte compte .... noms.

2 **Ces mots s'écrivent-ils avec un -s ou un -x au pluriel ? Coche la bonne réponse.**

	-s	-x
1. chacal	☐	☐
2. pou	☐	☐
3. portail	☐	☐
4. bateau	☐	☐
5. animal	☐	☐

3 **Complète avec les mots suivants : plat – droit – aigu – obtus.**

1. $\widehat{ABD}$: angle .... **2.** $\widehat{BED}$: angle ....
3. $\widehat{AED}$: angle .... **4.** $\widehat{BCE}$: angle ....
5. $\widehat{CDA}$: angle .... **6.** $\widehat{ABE}$: angle ....

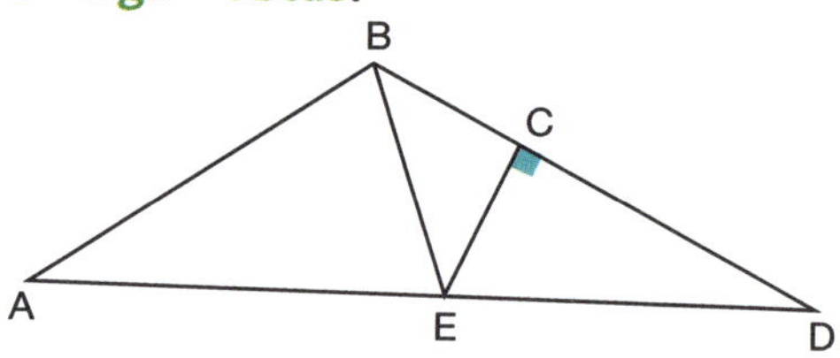

4 **Coche l'auxiliaire qui convient.**

During the summer holidays, Debbie ☐ can ☐ must ☐ mustn't go to the swimming-pool, that's allowed. But she ☐ can ☐ must ☐ mustn't be careful and she ☐ can ☐ must ☐ mustn't be back too late: prudence and punctuality are very important in her family.

5 **Quel est le nom des signes utilisés dans l'écriture égyptienne antique ?**

....

6 **Relie chaque mot à sa définition.**

pasteurisation •	• être vivant microscopique
micro-organismes •	• moyen de conservation des aliments
levures •	• certains sont utiles, d'autres nuisibles à l'Homme
	• champignons microscopiques

CORRIGÉS **p. 89**

À plusieurs !

Mimes égyptiens

Matériel : chapeau ou boîte, bouts de papier et crayons.

1) Chaque joueur écrit une phrase en lien avec l'Égypte.
2) Les papiers sont mélangés dans le chapeau, puis chaque joueur en tire un au hasard.
3) Lors du premier tour, chaque joueur essaie de faire deviner aux autres la phrase marquée sur son bout de papier. Les papiers sont à nouveau mélangés.
4) Lors du second tour, chaque joueur mime la phrase qu'il a tirée au sort.

ÉPISODE 4

Zapping

Pourquoi le voyage d'Ulysse fut-il une véritable odyssée ?

Dans *L'Odyssée*, Homère raconte le périple d'Ulysse qui, après la guerre de Troie, met dix ans à revenir sur son île d'Ithaque. Vents contraires, tempêtes multiples, monstres marins (les fameux Charybde et Scylla), mauvais sorts de la magicienne Circé, chants mortels des Sirènes… Le retour du héros est si périlleux que le titre de ce long poème est devenu un nom commun désignant, selon le dictionnaire Larousse, un « voyage mouvementé, semé d'incidents variés, d'aventures ». Les mésaventures d'Ulysse sont dues à son combat avec le Cyclope Polyphème, dont il a percé l'œil unique et qui demande à son père, Poséidon, de le venger. Par la volonté du dieu des mers, Ulysse ne peut rentrer chez lui qu'après de longues souffrances, privé de ses compagnons.

© Classixs/Istock

© Erich Lessing/AKG-Images

Français

Étudier un personnage

Un modeste pêcheur vivait dans une hutte en roseau, qu'il avait construite à l'écart d'un petit village planté au bord de la Méditerranée. Un jour où il pêchait, il sentit le fil de sa canne se tendre. Il remonta sa prise. Mais au lieu d'un poisson, c'est une caisse en bois qui était accrochée à son hameçon. Il la sortit de l'eau et l'emporta chez lui. « Elle contient peut-être un trésor », se dit-il en pressant le pas. Une fois dans sa hutte, il ouvrit la caisse. À la place de l'or et des pierreries qu'il espérait, il trouva un singe. Un singe peu commun, puisqu'il savait parler et possédait de nombreux pouvoirs.

– Merci de m'avoir tiré des entrailles de la mer, dit l'animal.

– Comme je n'ai attrapé aucun poisson aujourd'hui, répliqua le pêcheur, je vais devoir te vendre au souk pour gagner un peu d'argent.

– Ne sois pas aussi pressé ! conseilla le singe.

■ D'après le conte libyen « Le Singe et le pêcheur ».

Mini-Cours

- Un récit met en scène des personnages. Certains sont au premier plan dans l'histoire (les personnages principaux), d'autres sont secondaires.
- Selon l'ampleur du récit, les personnages font l'objet d'une description plus ou moins poussée. Les paroles qu'ils prononcent et leurs actions contribuent également à les caractériser.

1 **Lis le début du conte ci-dessus. Souligne les indications sur le lieu où il se déroule.**

2 **Numérote les actions des personnages dans l'ordre du récit.**

- .... Il découvre un singe dans la caisse.
- .... Le pêcheur décide de vendre le singe.
- .... Le singe se met à parler.
- .... Le pêcheur pêche une caisse.

3 Voici un résumé de la suite de ce conte. **Repère les différents personnages et classe-les selon leur rôle dans le récit.**

Le singe persuade le pêcheur de ne pas le vendre et lui donne le moyen d'être riche par des procédés magiques. L'homme s'enrichit immédiatement et invite ses amis autour d'un bon repas. Bientôt sa vie trop oisive l'ennuie. Il confie sa maison à un gardien et part pour un long voyage avec son singe au bord de la mer Méditerranée. Arrivés dans une grande ville, les deux compères rencontrent un roi très cruel qui condamne à mort les prétendants de sa fille. Pourtant, grâce à une ruse du singe, le pêcheur finit par épouser la belle princesse.

- personnages principaux : ....
- personnages secondaires : ....

CORRIGÉS p. 89

Utiliser des pronoms personnels

Français

Mini-Cours

- Les pronoms personnels varient en genre (masculin/féminin), en nombre (singulier/pluriel), et en personne (1re, 2e, 3e).
- À la 3e personne (*il, elle, ils, elles, le, la, l', les*), ils représentent le plus souvent un nom ou un groupe nominal (GN).
- Les pronoms des 1re et 2e personnes (*je, tu, nous, vous, moi, toi, me, te*) sont utilisés principalement dans les dialogues, pour faire référence aux personnes en train de se parler.
- Les pronoms personnels peuvent être utilisés comme sujet (*je, tu, il, elle...*) ou comme complément d'objet (*me, te, se, le, la, les, lui, leur...*).

1 **En t'appuyant sur le texte de la page précédente, indique le GN représenté par le pronom personnel en couleur.**

1. qu'il avait construite : ....

2. il la sortit de l'eau : ....

3. puisqu'il savait parler : ....

Indice

Les pronoms représentent chacun un groupe nominal

2 **Choisis le pronom qui convient pour remplacer le nom ou le GN entre parenthèses.**

1. Un pêcheur est revenu un soir au village en expliquant qu'(le pêcheur) .... avait vu un éléphant nager le crawl au large !

2. (Le pêcheur) .... a raconté cette histoire à sa femme. Mais (sa femme) .... ne (le pêcheur) ....a pas cru.

3. Ses voisins non plus : qu'un éléphant nage le crawl, personne ne peut (qu'un éléphant nage le crawl) .... croire !

3 **Indique dans les parenthèses le nom ou le GN représenté par les pronoms en couleur.**

Ulysse et ses compagnons doivent passer par le royaume des Sirènes au chant ensorceleur. Le héros prépare des boules de cire et les (..) donne à ses compagnons pour éviter qu'ils (..) n'entendent les Sirènes. Puis il (..) leur (..) dit : « Vous allez m'attacher au mât du bateau et ainsi je pourrai les (..) écouter sans craindre de vouloir les (..) suivre. »

4 **Indique la fonction des pronoms en couleur.**

Ulysse a crevé l'œil unique du Cyclope. Il (...............................) l' (...............................) a vaincu par ruse. « Méfie-toi de moi (...............................) », hurle le monstre au héros. Je (...............................) ne t'(...............................) oublierai pas.

Indice

Vérifie que tu as analysé deux pronoms COD et un pronom COI.

CORRIGÉS **p. 89**

Maths

Multiplier, résoudre des problèmes

Mini-Cours

- Un produit est le résultat d'une multiplication. Les nombres que l'on multiplie s'appellent les facteurs du produit.
- Pour multiplier un nombre par 10, 100 ou 1 000, on déplace la virgule de 1, 2 ou 3 rangs vers la droite et on complète avec des 0 si nécessaire.
  Ex : 17 × 100 = 1 700 ; 9,246 × 100 = 924,6
- Pour multiplier un nombre par 0,1, 0,01 ou 0,001, on déplace la virgule de 1, 2 ou 3 rangs vers la gauche et on complète avec des 0 si nécessaire.
  Ex : 4,3 × 0,1 = 0,43 ; 14,7 × 0,01 = 0,147

1 **Pose et effectue les produits suivants :**

409 × 35

7,26 × 4,8

7,9 × 7,9

....	....	....
....	....	....
....	....	....
....	....	....

2 Dans l'*Odyssée*, Ulysse met 20 ans à revenir sur son île d'Ithaque après la guerre de Troie.
Calcule cette durée en minutes en comptant 365 jours par année.

....

3 **Voici le début d'une partie de Scrabble.** Le but du jeu est de placer un mot en obtenant le plus de points possible. Si on place ses 7 lettres d'un coup, on gagne 50 points de plus. Si on rajoute une lettre à un mot déjà placé, on totalise les points du « nouveau » mot.

Signification des couleurs des cases et valeurs des lettres :

Mot compte triple
Mot compte double
Lettre compte triple
Lettre compte double

Voyelles sauf Y	L, N, R, S, T	D, G, M	B, C, P	F, H, V	J, Q	K, W, X, Y, Z
1	1	2	3	4	8	10

Le premier joueur a placé « PRENOM ». Il a gagné 24 points.
On calcule la valeur de ce mot :
P (lettre double) - R - E - N - O - M
3 × 2 + 1 + 1 + 1 + 1 + 2 = 12
Comme « mot compte double » : 12 × 2 = 24

a) Calcule la valeur du 2e mot placé : « UNIFORME ».

....

b) Calcule la valeur du 3e mot placé : « ZOOS ».

....

c) Calcule la valeur du 4e mot placé : « JEU ».

....

CORRIGÉS p. 89

Construire un cercle, un triangle à l'aide du compas

Mini-Cours

Définitions :

Le cercle de centre O et de rayon 1 cm est constitué de tous les points situés à 1 cm de O.

Le segment [AB] qui joint deux points d'un cercle s'appelle une corde.

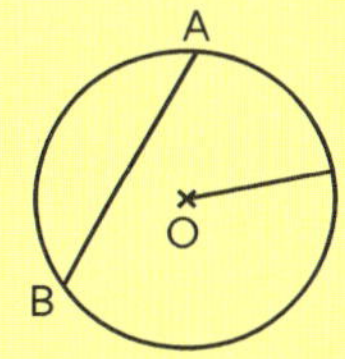

Construction d'un triangle :

Construisons un triangle ABC tel que AB = 4 cm, AC = 3 cm et BC = 2 cm.

- On trace le côté [AB] de longueur 4 cm et un arc de cercle de centre A et de rayon 3 cm.
- On trace ensuite un arc de cercle de centre B et de rayon 2 cm, on obtient le point C.
- On trace enfin les segments [AC] et [BC].

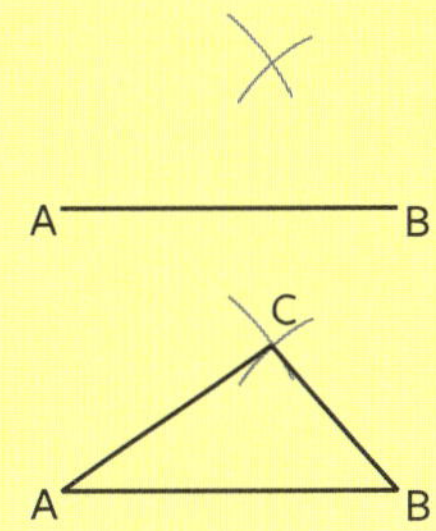

1 **En utilisant ton compas ainsi que les points A, B, C, D et E, construis les triangles suivants :**

- ABF sachant que AF = 4,6 cm, BF = 3,5 cm et que F est situé à droite de (AB) ;
- AGC sachant que AG = 5,7 cm, GC = 4,5 cm et G est situé à gauche de (AB) ;
- DEH sachant que DH = 4 cm, EH = 4,3 cm et que H est situé au dessous de [DE].

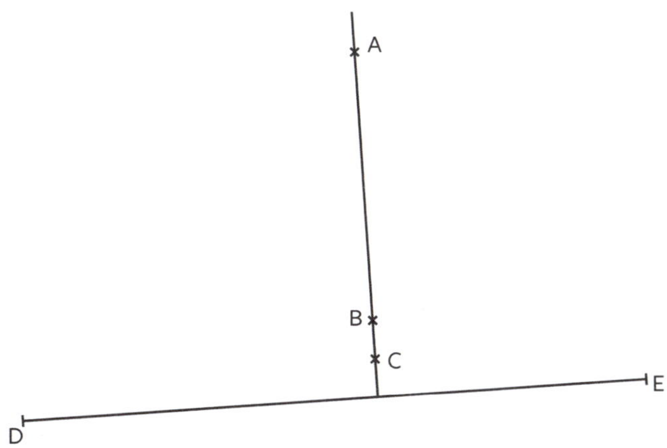

2 **Trace un œuf :**

a) Construis le point O, situé à droite de [AB], tel que OA = OB = 4 cm.

b) Trace du côté gauche de [AB] le demi-cercle de diamètre [AB].

c) Trace le cercle C1 de centre A qui passe par B puis le cercle C2 de centre B qui passe par A.

d) Trace les demi-droites [AO) et [BO). La demi-droite [AO) coupe C1 en D et la demi-droite [BO) coupe C2 en E. Trace le cercle de centre O qui passe par E.

e) Repasse en rouge le contour de « l'œuf », c'est-à-dire les arcs $\overset{\frown}{AB}$, $\overset{\frown}{BD}$, $\overset{\frown}{DE}$, et $\overset{\frown}{EA}$.

CORRIGÉS p. 89

Anglais

Qualifier, comparer

A visit to the zoo

DEBBIE : Look at the small chimpanzee over there! It's so amusing!

SÉBASTIEN : I love chimpanzees too, they're very intelligent animals, but I like gorillas better. They are bigger and look more impressive than chimpanzees.

DEBBIE : Yes... but they aren't as funny as them, they're more dangerous... and scarier too!

SÉBASTIEN : Oh, oh! Are you afraid? Why do you always say girls are more courageous than boys then?!

- *to look:* avoir l'air
- *impressive:* impressionnant(e)
- *scary:* effrayant(e)
- *to be afraid (of):* avoir peur (de)
- *why do you always say...:* pourquoi dis-tu toujours...

Mini-Cours

- En anglais, les adjectifs qualificatifs sont invariables et les épithètes se placent toujours devant le nom. Ex. : *Did you see big lions?*
- Un adjectif peut-être mis au comparatif :
  - d'égalité : as + adjectif + as (*aussi... que*) ;
  - d'inégalité : not as + adjectif + as (*pas aussi... que*) ;
  - de supériorité (*plus... que*).
- Former un comparatif de supériorité :
  - adjectif court : -er (+ than). Ex. : *You're smaller than him.*
  - adjectif long : more (+ than). Ex. : *You're more courageous than him.*
- Attention, quand un adjectif de deux syllabes se termine par *-y*, le *y* devient *i* au comparatif de supériorité (*pretty* → *prettier*).

1 **Compare les animaux du zoo en utilisant l'adjectif en couleur au comparatif de supériorité.**

1. Antelopes are (fast) .... than zebras and they are usually (small) ....

2. Flamingos are (beautiful) .... and (colourful) .... than ostriches.

3. Monkeys are (funny) .... and (amusing) .... than many other animals.

2 **Compare les gorilles et les chimpanzés (d'après le dialogue) : note +, – ou = sous chaque adjectif.**

Ex. : *Gorillas are bigger than chimpanzees.*

	big	funny	scary	dangerous	impressive	
gorillas	+					chimpanzees

3 En comparant les ours bruns et les pandas, Sébastien a fait quelques fautes d'anglais. **Aide-le à les corriger en rayant, dans chaque phrase, le mot en trop.**

1. Bears are usually as bigger than pandas.

2. Pandas aren't as more aggressive as bears.

3. Bears aren't as rare than as pandas.

4. Bears look more scarier than pandas.

CORRIGÉS p. 89

Parler de ses goûts

Sunday lunch at the pub

(At "The Hand and Spear", a big pub near Debbie's house.)

JANE : Sebby, what would you like to eat?

SÉBASTIEN : I don't know... but I'm very hungry! What can we have?

JANE : We can have roast beef and Yorkshire pudding, fish and chips or lasagna and lettuce.

SÉBASTIEN : Well... I like roast beef, but I don't like Yorkshire pudding. I love lasagna, but I hate lettuce...

DEBBIE : Have fish and chips, then!

SÉBASTIEN : The problem is... I don't really like fish.

- *what would you like?*: qu'aimerais-tu ?
- *Yorkshire pudding*: spécialité anglaise à base de farine, de lait et d'œufs
- *to be hungry*: avoir faim
- *lettuce*: laitue
- *really*: vraiment

1 À l'aide du dialogue, entoure les aliments au menu.

Mini-Cours

- Pour parler de ses goûts, on peut utiliser le présent simple dont la conjugaison n'a que deux formes : 3e personne du singulier (*he likes*), et autres personnes (*I like*). Aux formes négative et interrogative, on utilise l'auxiliaire *do* (*does* à la 3e personne du singulier). Ex. : *she doesn't like ; do you like tea?*
- Lorsqu'on parle de ce que l'on aime (ou pas) en général, on n'utilise pas de déterminant (article zéro Ø). Ex. : *J'aime le chocolat. → I like Ø chocolate.*

2 Complète les phrases en choisissant parmi les mots suivants :

likes/like – doesn't like/don't like

1. Debbie .... Yorkshire pudding, she thinks it's delicious, but she .... roast beef.

2. Ian and Jane are hungry too and they .... roast beef either. But they .... fish and chips very much.

3 Trouve quelle est la nourriture préférée de Debbie, Sébastien, Alexis et Godfrey. Note le prénom sous chaque aliment.

Debbie, Sébastien and Alexis like sweet food, but Godfrey hates it. Sébastien loves very cold food. Alexis likes chocolate, but he doesn't love it.

Indice

- sweet : sucré(e)

....

CORRIGÉS p. 90

Géographie

Le littoral, entre terre et mer

1 **Entoure sur le dessin :**
– en bleu, les installations touristiques et résidentielles ;
– en rouge, les installations industrialo-portuaires.

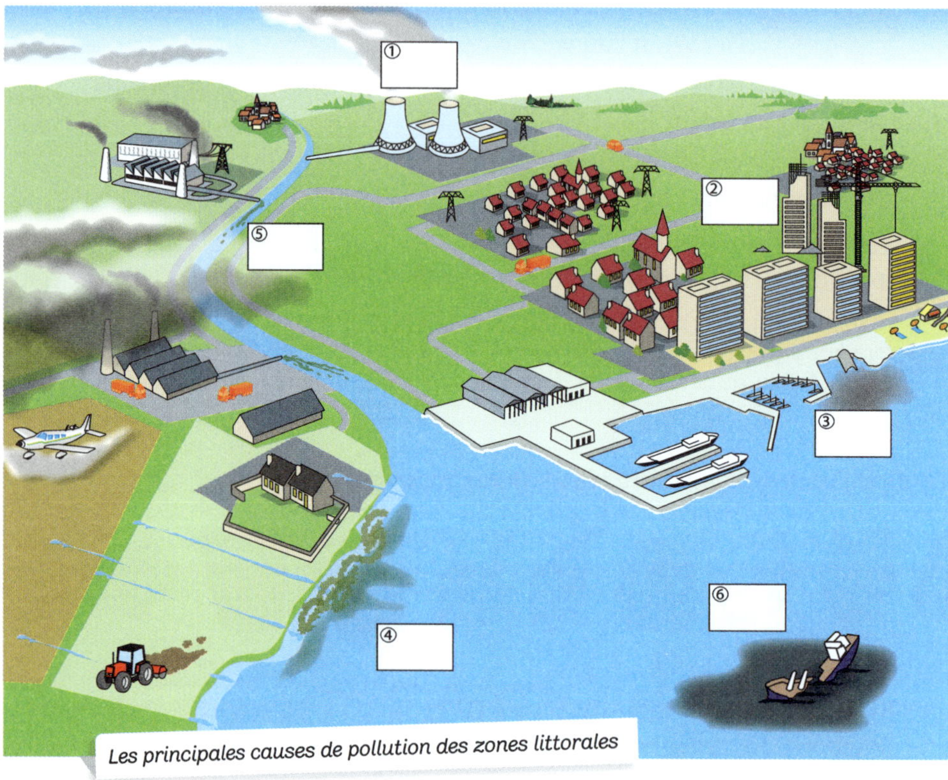

Les principales causes de pollution des zones littorales

Mini-Cours

- Le littoral se définit comme la zone de contact entre la terre et la mer (ou l'océan).
- On estime qu'aujourd'hui, 60 % de la population mondiale vit à moins de 60 kilomètres des côtes, et ce pourcentage augmente. De nombreuses activités se concentrent sur les littoraux : pêche, industries, commerce international, tourisme.
- Cette concentration des personnes et des activités vers les côtes est appelée littoralisation.
- Elle comporte des risques de dégradation accrus de ce milieu.

2 **Place, dans les carrés blancs situés sur le dessin, les lettres correspondant aux facteurs de pollution suivants :**

a) Marée verte (prolifération d'algues vertes causée par le ruissellement d'engrais chimiques d'origine agricole).

b) Rejets industriels (provenant d'usines).

c) Pollution par des pétroliers (dégazage, marée noire) ou autres bateaux transportant des substances dangereuses.

d) Rejets urbains (égouts).

e) Risque nucléaire (accident ou rejet accidentel provenant d'une centrale).

f) Paysage défiguré (« bétonnage », constructions barrant le front de mer ou empêchant l'accès au littoral).

Petite info

Au Japon, la population et les activités sont particulièrement concentrées sur les littoraux. On gagne des espaces sur la mer en créant des terre-plein et des îles artificielles.

CORRIGÉS **p. 90**

Techno

Le vélo, un moyen de transport universel

Mini-Cours

- Le vélo est le moyen de transport le plus répandu au monde avec 1 milliard d'unités. Rien qu'en Chine, on en compte 450 millions.
- Son principe de fonctionnement n'a pas beaucoup évolué depuis le premier modèle mais il a tout de même subi des améliorations qui le rendent aujourd'hui léger, sûr et confortable.

1 **Le vélo est :**

☐ un objet naturel
☐ un objet technique

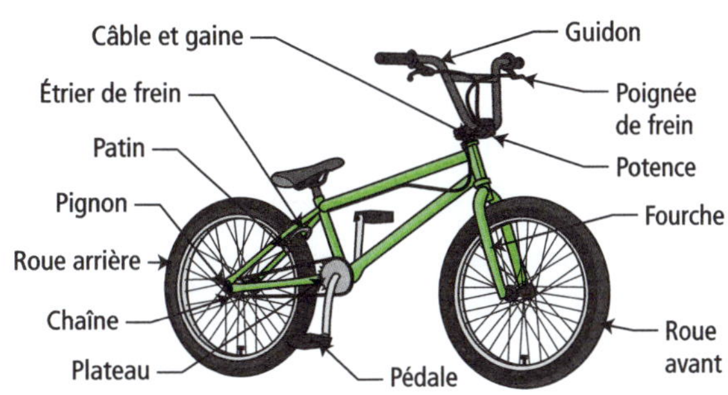

2 La fonction d'usage du vélo est de « se déplacer sur le sol ».
Grâce à quelle énergie ?

☐ thermique
☐ électrique
☐ musculaire

3 Le vélo présente plusieurs fonctions techniques. **Relie chaque fonction à son rôle.**

guidage •	• permet l'arrêt du vélo
déplacement •	• permet de diriger le vélo
freinage •	• permet de propulser le vélo

4 **La fonction « guidage » est assurée par :**

☐ la roue arrière > la fourche > le guidon
☐ le guidon > la fourche > la roue avant

5 **La fonction « déplacement » est assurée par :**

☐ le moteur ☐ la chaîne ☐ le pédalier
☐ la roue arrière ☐ les feux de signalisation ☐ le dérailleur

6 **Vrai ou faux ?**

	Vrai	Faux
La commande de freinage est transmise par un câble.	☐	☐
Le patin de freinage agit sur le pneu.	☐	☐
Le dérailleur participe au freinage.	☐	☐

7 **Quelle est la fonction des feux de signalisation ?**

....

....

CORRIGÉS p. 90

Check ! 6 questions pour vérifier que tu as retenu l'essentiel.

1 **Souligne les pronoms personnels et indique leur fonction.**

a) Tu as perdu tes clefs. ☐ sujet ☐ COD ☐ COI

b) Est-ce que quelqu'un les a vues ? ☐ sujet ☐ COD ☐ COI

c) Tes parents te grondent. ☐ sujet ☐ COD ☐ COI

d) Pense à eux ! ☐ sujet ☐ COD ☐ COI

2 Certains jardiniers se basent sur les étapes du cycle de la lune (lune montante, lune descendante, pleine lune) pour faire leurs plantations. Un cycle complet dure 29 jours, 12 heures et 44 minutes. **Calcule la durée d'un cycle en minutes :** ....

3 **Entoure en vert la bonne réponse sur chaque ligne à l'aide la figure et des indication ci-dessous.**

Triangle	Longueurs des côtés (en cm)		
ABF	4 - 4 - 5	4 - 4 - 3	3 - 3 - 5
FEG	4 - 4 - 5	4 - 4 - 3	3 - 3 - 5
BED	4 - 4 - 5	4 - 4 - 3	3 - 3 - 5

Dans la figure ci-contre :

$\mathscr{C}_1$ est le cercle de centre B et de rayon 5 cm.

$\mathscr{C}_2$ est le cercle de centre E et de rayon 3 cm.

$\mathscr{C}_3$ est le cercle de centre F et de rayon 4 cm.

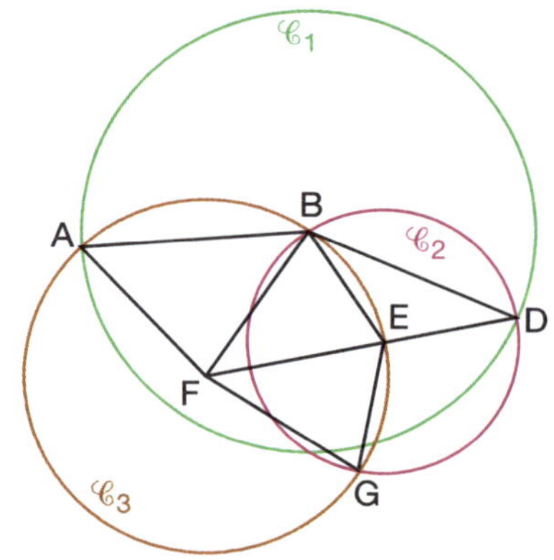

4 **Coche les réponses correctes.**

a) Le comparatif de supériorité de « beautiful » est :

☐ as beautiful (as) ☐ beautifuler (than) ☐ more beautiful (than)

b) Le comparatif d'égalité de beautiful est :

☐ as beautiful (as) ☐ beautifuler (than) ☐ more beautiful (than)

5 **Coche la ou les bonne(s) réponses(s).**
Que construisent les japonais pour gagner de l'espace sur la mer ?

☐ des pontons ☐ des terre-pleins ☐ des îles artificielles ☐ des digues

6 **Coche les éléments qu'on trouve dans un vélo.**

☐ le guidon ☐ le volant ☐ la fourche ☐ l'embrayage ☐ la roue avant

☐ le clignotant ☐ la chaîne

CORRIGÉS **p. 90**

À plusieurs !

Périple de hasard

Matériel : bout de papier et crayons.

1. Les rôles sont répartis : un joueur écrit sur son bout de papier cinq sujets de son choix ; un second joueur inscrit cinq verbes et un troisième cinq compléments.
2. Le premier joueur lit le premier sujet qu'il a choisi, puis le second joueur lit le premier verbe qu'il a choisi ; enfin, le troisième joueur lit le premier complément qu'il a choisi. L'opération est répétée sur quatre tours.

ÉPISODE 5

© 8vFanI/Istock

Zapping

Demain, roulera-t-on dans des voitures imprimées en 3D ?

Elles s'appellent Blade ou LM3D et, comme toutes les voitures, ont quatre roues et peuvent dépasser les 100 km/h. Mais ces nouveaux modèles, attendus prochainement sur les routes américaines, ne sont pas comme les autres : leur châssis et leur carrosserie sont imprimés en 3D ! Une technique identique à celle d'une simple imprimante 3D : du plastique ABS fondu et mélangé à des fibres de carbone très fines, puis imprimé en une succession de couches. Ce modèle de production devrait se développer dans les années à venir pour plusieurs raisons. Il est plus économe en énergie, donc moins polluant que les chaînes de fabrication automobile traditionnelles. Il est surtout plus simple : alors qu'une voiture ordinaire est constituée de 20 000 pièces, ces bolides imprimés en 3D n'en comportent que 50.

© hopsalka/Istock

© David McNew/Getty Images/AFP

Français

Identifier le groupe d'un verbe

Pourquoi j'ai vendu ma maison à des sourds ? Eh bien justement, parce que je cherchais à la vendre depuis le décès de ma femme. Trois ans. Et chaque fois les gens la trouvaient trop bruyante. À cause de cette cochonnerie d'autoroute qu'ils ont construite juste là. Un jour une dame, après l'avoir visitée, m'a dit : « Monsieur, votre maison, elle est très jolie, pas chère, mais avec ce bruit vous ne la vendrez jamais, ou alors à des sourds. »

▪ Janine Teisson, *Écoute mon cœur*, © Syros éditions, 2013.

1 **Dans le texte ci-dessus, souligne toutes les formes conjuguées des verbes du premier groupe.**

2 **Souligne les huit verbes à l'infinitif et classe-les selon leur groupe.**

Conseils aux automobilistes : pour savoir quelle route choisir quand on part en vacances, il faut réfléchir à la façon dont on veut voyager. S'il s'agit de mieux profiter du paysage et de flâner le long du chemin, il vaut mieux prendre les petites routes. Mais si l'on doit rejoindre rapidement sa destination, l'autoroute s'impose.

1er groupe	2e groupe	3e groupe
....	....	....
....	....	....
....		....

Mini-Cours

- Les verbes du 1er groupe se terminent par *-er* à l'infinitif.
- Les verbes du 2e groupe se terminent par *-ir* à l'infinitif et forment leur participe présent en *-issant*. Ex. : *finir* (participe présent : *finissant*).
- Le 3e groupe comprend tous les autres verbes. Leur conjugaison est irrégulière.

3 **Trouve l'intrus !**

1. sortir – ralentir – partir – sentir

2. finir – jaunir – fuir – applaudir

3. tenir – venir – atterrir – lire

4 **Mots croisés.** Les définitions correspondent à des verbes à l'infinitif ou à des terminaisons de verbes à l'infinitif. Attention ! Ne prends pas en compte les accents !

Horizontalement

1. ....le plein ou une pause. – **2.** Ce qu'il faut faire si l'on rencontre un monstre poilu en pleine nuit sur l'autoroute. – **4.** À ne pas confondre avec « chanter », surtout si le voyage est long et si les parents sont fatigués. – *6.* Terminaison du 2e groupe. – *7.* Devenir plus étroit, notamment pour une voie d'autoroute.

Verticalement

I. Ce que l'on fait si on a soif. – *II.* Ce que l'on fait si on a très chaud ou très peur. – Terminaison du 3e groupe. – *IV.* Le contraire d'accélérer.– *V.* Terminaison du 1er groupe. – *VII.* Aller plus lentement.

	I	II	III	IV	V	VI	VII	VIII
1								
2								
3								
4								
5								
6								
7								
8								

CORRIGÉS **p. 90**

Français

Conjuguer un verbe au présent

Mini-Cours

- Au singulier du présent de l'indicatif, les verbes prennent en général les terminaisons :
  -e, -es, -e, s'ils sont du 1er groupe ;
  -s, -s, -t, s'ils sont du 2e ou du 3e groupe.
- Attention, cependant, à certains verbes du 3e groupe :
  – *vouloir, valoir* et *pouvoir* prennent les terminaisons -x, -x, -t ;
  –les verbes en *-dre* (sauf ceux en *-indre* et en *-soudre*) se terminent par -ds, -ds, -d.
  Ex. : *je prends, tu prends, il prend.*

1 **Pour chaque verbe, sépare le radical de la terminaison par un trait vertical.**

La voiture roule. • Vous partez en vacances. • Le soleil brille. • L'herbe jaunit. • Nous chantons à tue-tête. • Le paysage défile. • J'arrive enfin.

2 **Test de conduite ! Conjugue tous les verbes entre parenthèses, puis coche la bonne réponse.**

1. Quand un conducteur (voir) .... le panneau « stop » :

☐ il (s'arrêter) .... immédiatement.

☐ il (continuer) .... de rouler s'il n'y a personne.

2. Sur l'autoroute, si deux traits (séparer) .... ma voiture du véhicule suivant :

☐ je (devoir) .... maintenir cette distance pour circuler en toute sécurité.

☐ je (pouvoir) .... réduire cette distance d'un trait.

3. À bicyclette, si tu (souhaiter) .... dépasser un véhicule :

☐ tu (pouvoir) .... toujours le faire à condition que ce soit par la gauche.

☐ tu n'(entreprendre) .... cette manœuvre que si la vitesse relative des deux véhicules le (permettre) ....

3 **Relie chaque forme verbale à la terminaison qui convient (si nécessaire).**

tu veu •	• s •	• je peu
je vau •		• elle répond
il veu •	• x •	• tu vend
elle résou •	• t •	• je pein

4 **Conjugue ces verbes au présent sur deux radicaux différents.**

1. essuyer : j'.............................. et nous ....

2. jeter : je .... et nous ....

3. savoir : je .... et nous ....

4. résoudre : je .... et nous ....

CORRIGÉS p. 90

Maths

Effectuer une division

Mini-Cours

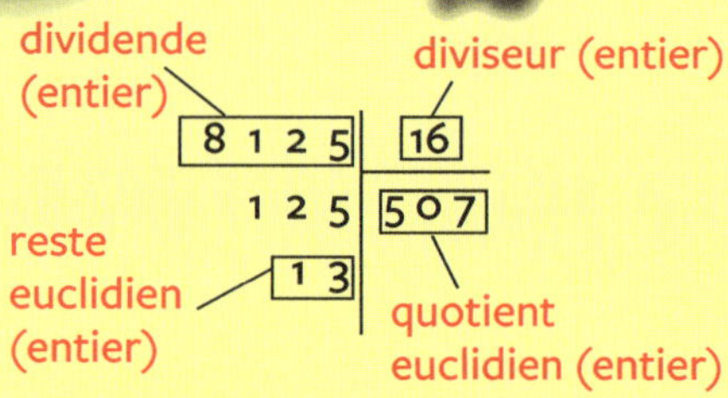

Dans une division euclidienne on peut vérifier que :

- (diviseur × quotient) + reste = dividende
- reste < diviseur

Ici : $(507 \times 16) + 13 = 8\,125$

$13 < 16$

- Si la division se termine, on parle de quotient exact.
Si elle ne se termine pas, on peut calculer des valeurs approchées.
Ex. : $33 \div 19 \approx 1{,}73684$: à 0,1 près, le quotient approché par défaut est 1,7, et le quotient approché par excès est 1,8.
L'arrondi à 0,1 près est 1,7 car le 2ᵉ chiffre après la virgule est un 3 (donc plus petit que 5).
- Pour diviser un nombre par 10, 100 ou 1 000, on déplace la virgule de 1, 2 ou 3 rangs vers la gauche et on complète avec des 0 si nécessaire.

1 **Effectue :**

a) le quotient euclidien de 512 par 7 :

b) le quotient euclidien de 9 921 par 19 :

c) le quotient exact de 233,7 par 15 :

d) le quotient approché par défaut à 0,01 près de 3 679,8 par 28 :

a)	b)	c)	d)

2 **Cet été, 149 participants se sont inscrits au tournoi de foot de Palavas-les-Flots.**

- Combien d'équipes de 11 joueurs peut-on faire ? ....
- Combien de joueurs seront remplaçants ? ....
- Combien manque-t-il de joueurs pour faire une équipe de plus ? ....

3 **Calcule mentalement :**

21,4 ÷ 100 = ... 413,8 ÷ 10 = ... 13 400 ÷ 1 000 = ...

4 **a)** Pour la fête des mères, Janet a acheté un bouquet de 9 roses rouges pour 14,90 €.
Calcule le prix d'une rose, arrondi au centime près :

....

b) Son frère a choisi des petits œillets à 0,45 € l'un et a dépensé 11,70 €.
Calcule le nombre de fleurs dans son bouquet :

....

CORRIGÉS p. 90

Reconnaître et construire des triangles et des quadrilatères particuliers

Mini-Cours

Triangles particuliers :

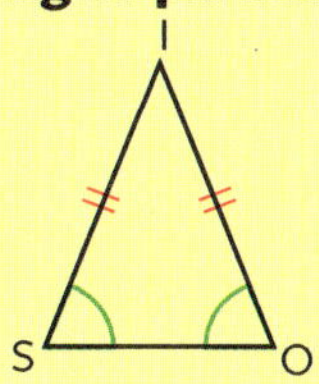

triangle isocèle

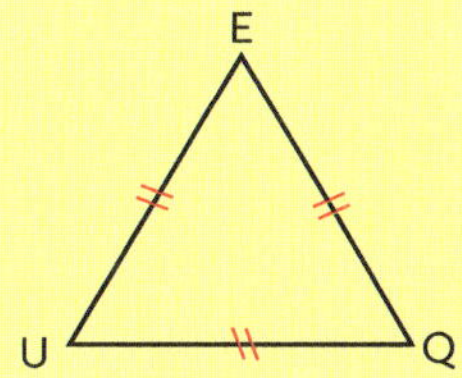

triangle équilatéral

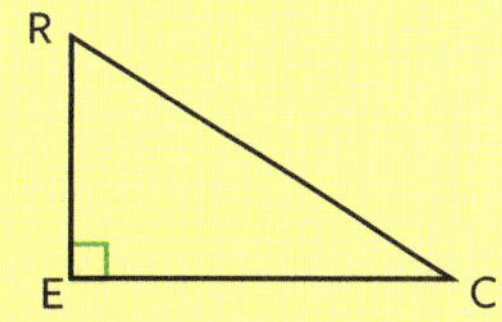

triangle rectangle

Quadrilatères particuliers :

Les droites en rouge sont les axes de symétrie des figures ci-dessous.

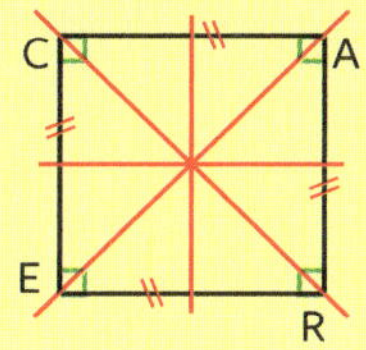

carré

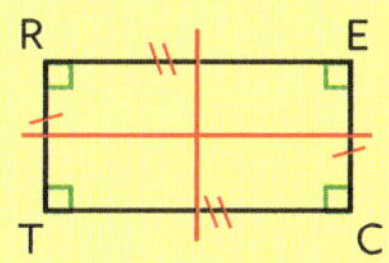

rectangle

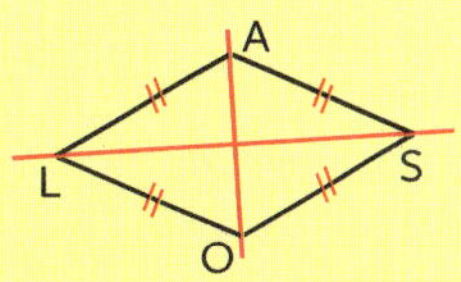

losange

1 **Dans la figure ci-contre :**

a) Nomme tous les rectangles : ....

....

b) Nomme tous les losanges : ....

....

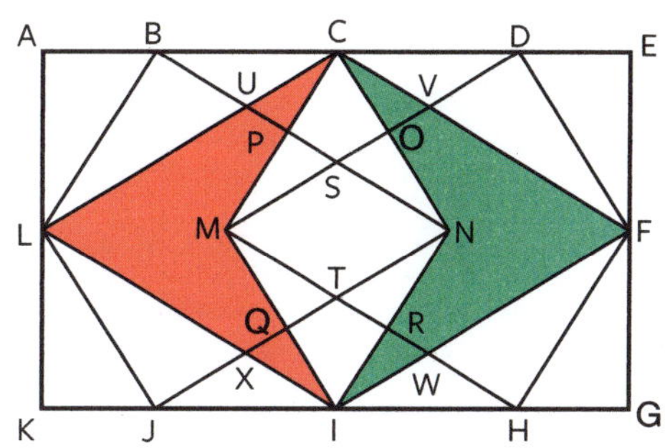

2 **Sur le papier quadrillé ci-contre :**

a) Construis un triangle TOI rectangle en I, tel que TI = 15 mm et OI = 40 mm.

b) Place le point N pour que TION soit un rectangle.

3 **Sur le papier quadrillé ci-contre :**

Attention : cet exercice est différent du précédent !

a) Construis un triangle TOI rectangle en I, tel que TI = 15 mm et TO = 40mm.

b) Place le point N pour que TION soit un rectangle.

4 **Pour chacune des figures ci-dessous, trace son ou ses axes de symétrie.**

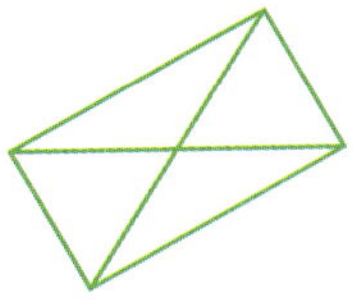

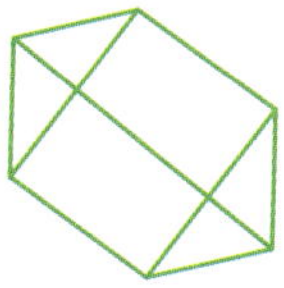

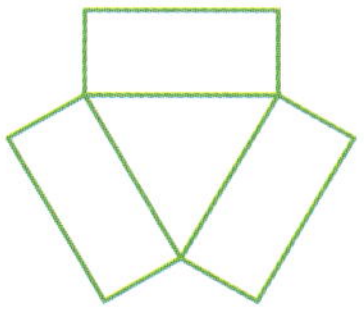

CORRIGÉS p. 91

Anglais

Parler de ses habitudes

Sebby's typical holidays

Debbie : Do you often spend your holidays abroad?
Sébastien : No, I don't. I sometimes go to Germany for a day or two, but I never go there in the summer.
Debbie : What do you usually do in the summer?
Sébastien : I always visit my grandparents.
Debbie : Where do you go then?
Sébastien : I usually go to Dordogne first, where my mother's parents breed sheep, and then I visit my father's parents at the seaside.
Debbie : Wow! You're lucky!

- *to spend one's holidays abroad:* passer ses vacances à l'étranger
- *in the summer:* l'été
- *to breed sheep:* élever des moutons
- *at the seaside:* au bord de la mer

Mini-Cours

- Pour parler de ses habitudes, on utilise le présent simple (voir p. 41).
- Les adverbes de fréquence se placent en général avant le verbe et après l'auxiliaire. Ex. : *I never go surfing.* Les plus utilisés sont :

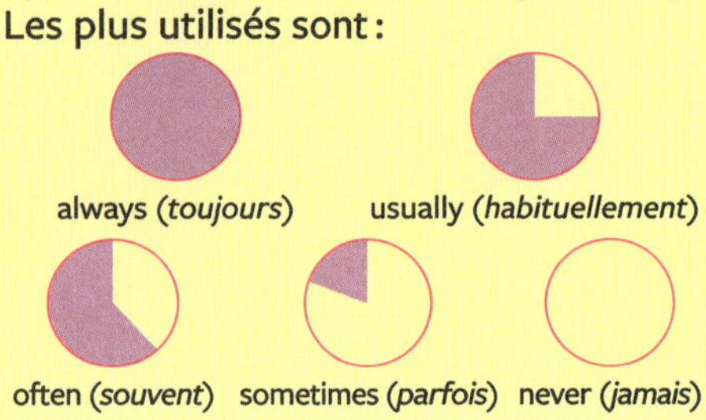

1 Coche les bonnes réponses.

In the summer, Sebby usually…

- ☐ goes to the sea side.
- ☐ stays home.
- ☐ goes to different places.
- ☐ doesn't go to the sea.
- ☐ doesn't see sheep.
- ☐ sees sheep.

2 Complète en conjuguant les verbes au présent simple.

1. Usually, Sebby (not/go) .... to England in the summer. He (visit) .... the south of France.

2. Sébastien and Alexis (not/see) .... often .... their grandparents.

3 À l'aide du tableau, complète les phrases en utilisant des adverbes de fréquence et les verbes suivants :

go – like – write (× 2) – play

Jane and Ian			
Debbie		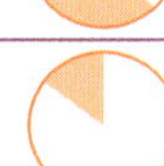	

1. In the summer, Jane, Ian and Debbie .... to the swimming pool.

2. Ian and Jane .... table tennis together.

3. When they are on holiday, they .... postcards, but Debbie .... postcards because she doesn't .... it very much.

CORRIGÉS p. 91

Parler de ce qui se passe

The birthday party

GODFREY : Why aren't you dancing, Sebby?
SÉBASTIEN : I'm waiting for Debbie, but she's dancing with that boy over there. Who is he?
GODFREY : He's the boy who's celebrating his birthday today. His name is Bruns.
SÉBASTIEN : Listen to him! He's singing along to the song, now!
GODFREY : Sure! They're playing Beyoncé's CD, and he's a big fan.
SÉBASTIEN : I think he's just showing off!
GODFREY : Aren't you a bit jealous?

- *to wait (for)*: attendre
- *who*: qui
- *to sing*: chanter
- *a song*: une chanson
- *to show off*: crâner, frimer
- *a bit jealous*: un peu jaloux

1 **À l'aide du dialogue, coche les bonnes réponses.**

1. Whose birthday party is it? ☐ Sébastien's ☐ Debbie's ☐ Godfrey's ☐ Bruns's

2. Who is dancing?	☐ Sébastien	☐ Debbie	☐ Godfrey	☐ Bruns	☐ Beyoncé.
3. Who is singing?	☐ Sébastien	☐ Debbie	☐ Godfrey	☐ Bruns	☐ Beyoncé.
4. Who likes Beyoncé?	☐ Sébastien	☐ Debbie	☐ Godfrey	☐ Bruns	☐ Beyoncé.

Mini-Cours

- Pour parler d'actions en cours, on utilise le présent continu *BE+V-ing*.
Il a trois formes. L'auxiliaire *be* prend la marque de la négation, et précède le sujet à la forme interrogative. Ex. : *I am playing. He isn't talking. What are they doing?*
- Quand la base verbale se termine par *-e*, celui-ci disparaît (ex. : *dance* → *dancing*).
Quand la base verbale se termine par une consonne précédée d'une seule voyelle, on double la consonne (ex. : *swim* → *swimming*).

2 Pendant que Debbie danse, voici ce que font les membres de sa famille.
Écris des phrases au présent *BE* + V-*ing*. Utilise les verbes ***watch, sit, sleep***.

1. Godfrey ....
2. Loreen ....
3. Jane and Ian ....

3 Certaines des phrases suivantes sont au présent simple, d'autres au présent *BE* + V-*ing*.
Coche le temps dont il s'agit.

	présent simple	présent *BE* + V-*ing*
1. Bruns loves singing.	☐	☐
2. Bruns is singing.	☐	☐
3. They aren't dancing.	☐	☐
4. They don't like dancing.	☐	☐

CORRIGÉS p. 91

Le code de la route : des règles, des principes de responsabilité

EMC

Mini-Cours

- Dans tous les domaines, les règles permettent le bon fonctionnement de la vie en société. Elles peuvent limiter nos libertés, mais pour le bien de tous. C'est le cas des règles du code de la route.
- En respectant ces règles, chacun fait preuve de responsabilité pour sa propre sécurité et celle des autres. Les lois permettent de « vivre ensemble », le code de la route de partager un même espace.

1 **Associie, pour chaque type de panneaux, leur signification.**

un panneau rond à bord rouge •	• obligation
un panneau rond à fond bleu •	• indication
un panneau triangulaire à bord rouge •	• interdiction
un panneau carré à fond bleu •	• danger

2 **À toi de jouer !**
Invente un nouveau panneau du code de la route. Dessine-le dans le cadre ci-dessous, puis explique sa signification.

Signification :

....

....

....

....

....

....

Petite info

En 5e, tu passeras une épreuve te permettant d'acquérir l'Attestation Scolaire de Sécurité Routière niveau 1 (ASSR1).
En 3e, tu passeras l'ASSR2. Indispensables avant le permis de conduire, elles te permettront également d'obtenir le Brevet de Sécurité Routière (BSR).

3 **À toi de conclure !**
Dans un État démocratique comme la France, à quoi servent essentiellement les règles (comme le code de la route) ?
Entoure les phrases qui te paraissent exactes.

• à empêcher de faire ce que l'on veut • à protéger • à rendre plus compliquées des choses qui pourraient être simples • à garantir la paix • à limiter les libertés • à garantir la sécurité • à respecter les autres, leur travail

CORRIGÉS p. 91

Les différentes sources d'énergie

Mini-Cours

- L'Homme a besoin d'énergie pour se chauffer, s'éclairer, se déplacer.
Il existe différentes sources d'énergie (bois, eau, charbon...) et différentes formes d'énergie (mécanique, chimique...). L'énergie peut passer d'une forme à une autre, on dit alors qu'elle est convertie.
- Connaître les différentes sources d'énergie permet de mieux les utiliser, de les économiser et ainsi, de préserver la planète.

1 **Complète le tableau suivant à l'aide des mots suivants :**

muscles – vent – bois – aliments

Source d'énergie	Utilisation au quotidien
....	Naviguer à voile
....	Courir
....	Réfléchir, bouger...
....	Se chauffer

2 **a) Coche la bonne réponse :**

Une source d'énergie renouvelable est :

☐ une source qui se reconstitue rapidement (à l'échelle d'une vie humaine).

☐ une source d'énergie qui s'épuise.

b) **Entoure en vert les sources d'énergie renouvelables et en noir les sources d'énergie non renouvelable :**

uranium – vent – eau – pétrole – bois – Soleil –charbon

3 Un type d'énergie peut être converti en un autre. **Complète les diagrammes d'énergie suivants avec les mots :**

électrique – musculaire – mécanique

Énergie chimique → Moteur  → Énergie ....

Énergie chimique → Homme  → Énergie ....

Énergie éolienne → Centrale éolienne  → Énergie ....

Énergie nucléaire → Centrale nucléaire  → Énergie ....

CORRIGÉS p. 91

Check ! 6 questions pour vérifier que tu as retenu l'essentiel.

1 **À quel groupe appartiennent ces verbes ?**

	1er groupe	2e groupe	3e groupe
a) joindre	☐	☐	☐
b) applaudir	☐	☐	☐
c) aller	☐	☐	☐
d) savoir	☐	☐	☐

2 **Souligne en bleu la bonne orthographe.**

a) je jette – je jete – je jète

b) tu essuies – tu essuis – tu essuyes

c) il join – il joind – il joint

d) nous tenons – nous tennons – nous tiennons

3 **Complète la facture suivante.**

	Prix au kg (en €)	Poids (en kg)	Prix (en €)
poisson	10,30	1,7	....
fenouil	....	2	3,90
citrons	....	0,4	....

TOTAL 22,33 €

4 **Coche l'endroit où se place l'adverbe de fréquence dans les phrases suivantes.**

1. Debbie ☐ spends ☐ her holidays ☐ in Ireland. (usually)

2. She ☐ doesn't ☐ stay ☐ in England. (often)

3. Does ☐ she ☐ go ☐ to France? (sometimes)

5 **Que signifient les initiales BSR ?**

☐ Bon de sûreté routière ☐ Brevet de sécurité routière ☐ Besoin de sécurité routière

6 **Coche la ou les bonnes réponses.**

a) L'uranium est une source d'énergie : ☐ nucléaire ☐ chimique ☐ non renouvelable

b) Une centrale hydraulique transforme :

☐ de l'énergie musculaire en énergie mécanique.

☐ de l'énergie cinétique en énergie électrique.

☐ de l'énergie hydraulique en énergie électrique.

CORRIGÉS **p. 92**

WebQuest

Des maisons express

Outre les véhicules de transport, il est possible d'utiliser les techniques d'impression 3D pour construire des maisons en un temps record.
Utilise un moteur de recherche pour trouver dans quel pays des ingénieurs ont réussi, en 2014, à bâtir dix maisons en moins de 24 heures en utilisant une imprimante 3D géante.

Réponse : La Chine.

ÉPISODE 6

© shaunl/Istock

Zapping

Chasser avec des faucons dans les aéroports

Comment chasser les pigeons ou les mouettes qui pourraient entrer en collision avec les avions ? Réponse : avec d'autres oiseaux ! On croyait la chasse avec des faucons, symbole de la noblesse au Moyen Âge, quasiment disparue après la Révolution française. Pas du tout ! Elle a été réactivée auprès des aéroports pour éloigner les volatiles indésirables. En France, les bases aériennes militaires de Villacoublay et d'Istres abritent ainsi un « service de Prévention aviaire », autrement dit, des fauconneries. L'utilisation de rapaces pour chasser est à la fois très efficace (un faucon pèlerin peut repérer un pigeon à plus de 4 km de distance) et particulièrement écologique. Un oiseau de proie est plus silencieux qu'un fusil et respecte l'environnement : ne chassant que lorsqu'il a faim, il ne risque pas de tuer trop de gibier.

© siur/Istock

© Miguel ROJO/AFP PHOTO

Français

Conjuguer un verbe au passé composé

Martin est surpris par le fauconnier du roi alors qu'il vient de dénicher un faucon.

Martin, d'abord, demeura sans voix. Sa surprise avait été trop grande et sa frayeur aussi. Sur son poing levé, l'oiseau avait l'immobilité du bronze.

« Tu sais qu'ils appartiennent au seigneur, reprit le fauconnier, et tu sais aussi comment on punit ceux qui osent désobéir.

– Je ne l'ai pas déniché. Je voulais seulement le voir...

– Le voir !

– Oui, le voir. Il est tombé du nid. Je l'ai ramassé dans les herbes. Je ne pouvais pas le rapporter au nid, les parents étaient furieux.

– Ce n'était pas au nid qu'il fallait le rapporter, vaurien, c'était au château. »

■ *Le Faucon déniché*, Jean-Côme Noguès, collection « Pleine Lune », © Éditions Nathan, 2005.

Mini-Cours

- Un verbe au passé composé est formé d'un auxiliaire au présent (*avoir* ou *être*) suivi du participe passé du verbe. Ex. : *Il a perdu ses clés.*
- Les participes passés des verbes du 1er groupe se terminent par *-é* (*chanté*) ; ceux du 2e groupe, par *-i* (*fini*) ; ceux du 3e groupe par *-i* (*souri*), *-is* (*pris*), *-it* (*dit*) ou *-u* (*couru*).
- Employé avec *être*, le participe passé s'accorde avec le sujet. Ex. : *Elles sont parties.* Avec *avoir*, le participe passé s'accorde avec le COD s'il est placé avant le verbe. Ex. : *Elle a mangé sa glace. Elle l'a mangée.*

1 **Lis le texte ci-dessus. Souligne les trois verbes conjugués au passé composé puis recopie-les dans le tableau.**

Avec l'auxiliaire *avoir*	Avec l'auxiliaire *être*
....	....
....	....

2 **Mets les verbes entre parenthèses au participe passé.**

1. Le faucon a (voler) .... très haut.

2. Le rapace a (croire) .... s'échapper.

3. L'enfant a (ouvrir) .... la fenêtre.

4. Il a bientôt (finir) .... son récit.

Indice
N'oublie pas d'accorder le participe passé employé avec « être » avec le sujet.

3 **Conjugue les verbes entre parenthèses au passé composé.**

1. La chasse au faucon (naître) .... sur les hauts plateaux d'Asie centrale.

2. Elle (se développer) .... en Europe au Moyen Âge quand les croisés (entrer) .... en contact avec les fauconniers sarrasins.

3. La fauconnerie (devenir) .... un symbole de la noblesse.

CORRIGÉS p. 92

Adapter son langage à son destinataire

Français

Mini-Cours

- Le choix d'un niveau de langage dépend de la situation de communication.
- On distingue trois registres de langage différents qui se différencient par le vocabulaire et la construction des phrases :
– le registre soutenu (syntaxe élaborée, vocabulaire riche) ;
– le registre courant (syntaxe correcte, vocabulaire simple) ;
– le registre familier (syntaxe approximative, vocabulaire familier).

1 **Martin raconte comment il a trouvé le faucon. Indique le registre de chacune des versions de son récit.**

1. Je m'étais réfugié dans la forêt pour écouter le chant des oiseaux. C'est alors que j'ai entendu son cri si particulier. Il m'a semblé – sans doute par naïveté – qu'il s'adressait directement à moi.

Registre : ....

2. J'traînais dans l'bois comme d'hab, les oiseaux y chantaient trop bien ! Et alors, tu vas pas m'croire, y s'est mis à siffler comme ils font ! Sûr qu'il m'parlait dans sa langue !

Registre : ....

3. J'étais dans la forêt, j'écoutais le chant des oiseaux. Tout à coup, j'ai entendu son cri. Tu vas penser que je suis bête, mais j'ai vraiment eu l'impression qu'il me parlait.

Registre : ....

2 **Complète le tableau avec des synonymes appartenant aux registres demandés.**

Registre soutenu	Registre courant	Registre familier
soulier	....	....
épouse	....	....
....	....	engueuler
....	manger	....

3 **Les phrases suivantes sont de registre familier. Réécris-les en langage courant.**

1. Il dit quoi ? J'entends rien !

→ ....

2. Ça se passera pas comme ça, mon gars !

→ ....

3. Occupe-toi d'tes affaires ; j'm'en fiche de c'que tu penses !

→ ....

....

Indice

Dans une phrase négative, il ne faut pas oublier le premier élément de la locution « ne… pas ».

Maths

Travailler sur des fractions égales

Mini-Cours

- $\frac{3}{4}$ est une fraction. Son numérateur est 3 et son dénominateur est 4.

Elle représente un partage en 4 dont on aurait pris 3 parties. Elle correspond au quotient de 3 par 4.

- On dit que deux fractions sont égales si l'on peut passer de l'une à l'autre en multipliant ou en divisant le numérateur et le dénominateur par un même nombre.

Quand on divise, on dit qu'on simplifie la fraction. Ex : $\frac{45}{20} = \frac{9 \times 5}{4 \times 5} = \frac{9}{4}$

1 Au Mastermind, Tim a découvert en 5 coups la combinaison proposée par Léo.
Indique par une fraction la fréquence d'apparition des différentes couleurs des pions.
Simplifie les fractions au maximum.

Rouge	Orange	Jaune	Bleu	Vert	Blanc	Gris
$\frac{\dots}{\dots}$	$\frac{\dots}{\dots}$	$\frac{\dots}{\dots}$	$\frac{\dots}{\dots}$	$\frac{\dots}{\dots}$	$\frac{\dots}{\dots}$	$\frac{\dots}{\dots}$

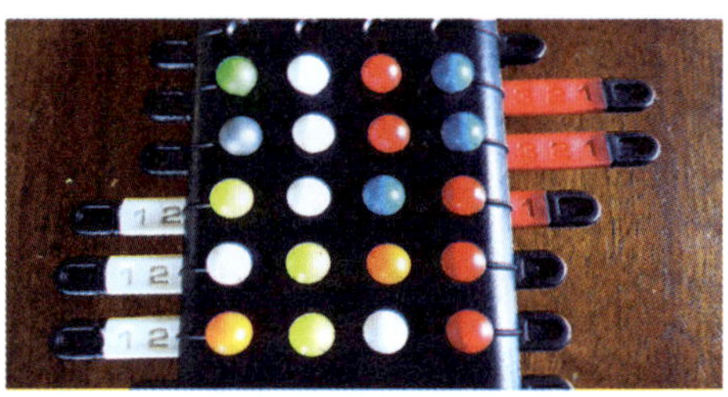

© Hasbro

Indice

Un nombre est divisible par 3 (ou 9) si la somme des chiffres de ce nombre est divisible par 3 (ou 9).

2 **Complète :**

$\frac{1\,200}{510} = \frac{40}{\dots}$ $\quad \frac{3}{14} = \frac{\dots}{70}$

3 **Simplifie :**

$\frac{75}{100} = \frac{\dots}{\dots}$ $\quad \frac{63}{45} = \frac{\dots}{\dots}$

4 **Simplifie au maximum la fraction donnée, puis complète la phrase qui suit :**

$\frac{250}{1\,000} = \frac{\dots}{\dots}$ et 1 kg = ... g donc « 250 grammes, c'est le .... d'un kilogramme ».

5 **Complète par oui ou non**, puis utilise les résultats pour simplifier le plus possible les fractions qui suivent, en montrant la méthode utilisée.

	60	45	64	108
Divisible par 2				
Divisible par 5				
Divisible par 3				
Divisible par 9				

$\frac{45}{108} =$
$\frac{55}{45} =$
$\frac{64}{60} =$

CORRIGÉS p. 92

Calculer une aire

1 **Quelle est l'aire du triangle ABC si l'unité d'aire est :**

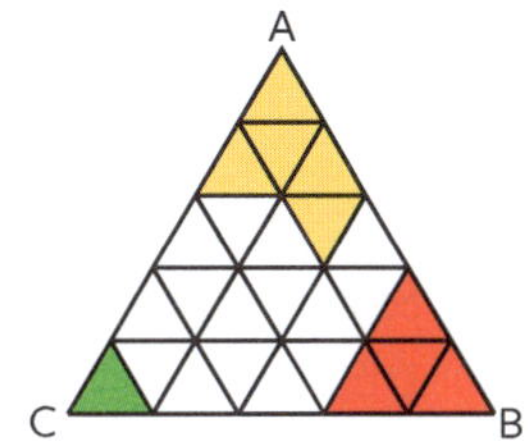

l'aire du triangle vert : ....

l'aire du triangle rouge : ....

l'aire du polygone jaune : ....

Mini-Cours

- Aire d'un carré de côté c : $c \times c = c^2$
- Aire d'un rectangle de longueur L et de largeur l : $L \times l$
- Aire d'un triangle ABC rectangle en A : (AB × AC) ÷ 2

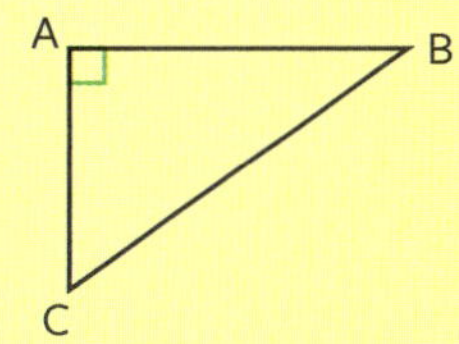

- Unités d'aires :
1 m² = 100 dm² = 10 000 cm² = 1 000 000 mm²

2 **L'unité de longueur étant le cm, calcule l'aire en cm² de chacune des figures ci-dessous.**

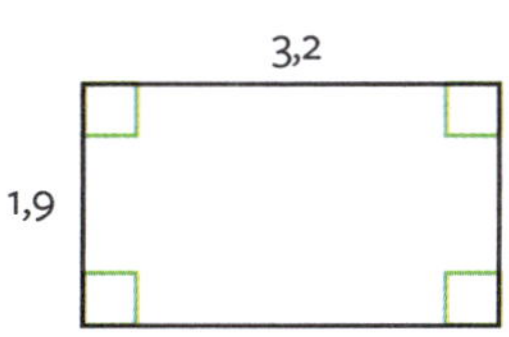

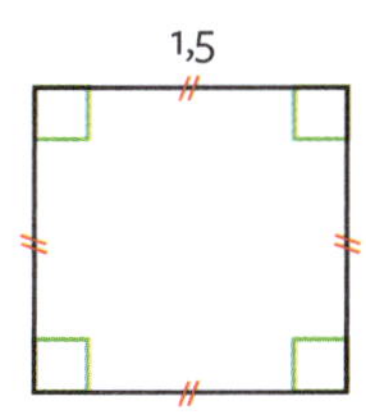

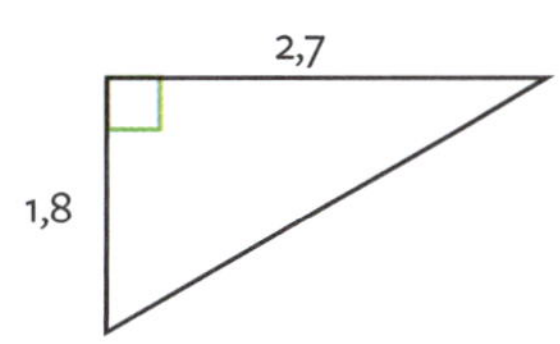

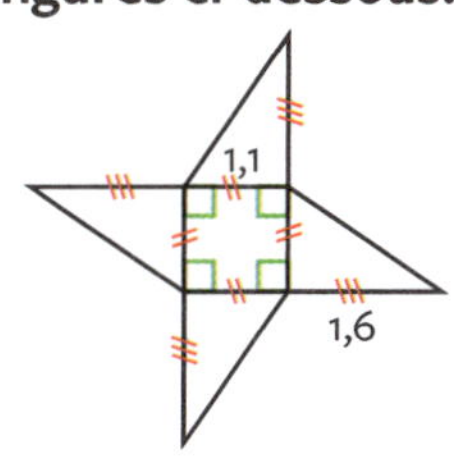

....

....

....

3 **ABCD étant un rectangle, complète le tableau suivant.**

Longueur du côté [AB]	50 mm	2 500 mm	15 cm		
Longueur du côté [BC]	12 mm	40 cm		2 m	8 cm
aire en mm²					3 200
aire en cm²			300		
aire en m²				21	

CORRIGÉS p. 92

Anglais

Parler du passé

At Madame Tussaud's Museum

Sébastien : Who's this old woman?

Debbie : This is Queen Victoria! Don't you know her?

Sébastien : No, I don't. Is she famous?

Debbie : Of course she is! She was a very important Queen of England.

Sébastien : Really? When did she reign?

Debbie : Look, it's written here: she reigned from 1837 to 1901, and was the Empress of India from 1876 to 1901.

Sébastien : What happened in 1901, then?

Debbie : She died, you idiot!

- *famous:* célèbre
- *to reign:* régner
- *it's written:* c'est écrit
- *empress:* impératrice
- *to happen:* se passer, se produire
- *to die:* mourir

Mini-Cours

- Pour parler d'événements historiques ou d'actions passées, on utilise le prétérit simple.
- Pour former le prétérit, il suffit d'ajouter *-ed* à la base verbale (ex. : *I visited*).
Mais attention aux verbes irréguliers !
Les formes négative et interrogative se construisent à l'aide de l'auxiliaire *did*.
Ex. : *We didn't go. What did you see there ?*
- L'auxiliaire *be* au prétérit a 2 formes : *was* pour les 1re et 3e personnes du singulier, et *were* pour les autres personnes. Ex. : *I wasn't there. You weren't there. Were they there ?*

1 Que sait-on de la reine Victoria d'après ce dialogue ?

1. Queen Victoria was...

☐ Queen of India. ☐ Queen of England.
☐ Empress of India. ☐ Empress of England.

2. She became a queen in...

☐ 1837 ☐ 1876 ☐ 1901.

3. She became an empress in...

☐ 1837 ☐ 1876 ☐ 1901.

4. She died in...

☐ 1837 ☐ 1876 ☐ 1901.

2 Devant la statue de cire de Lady Diana, Debbie explique à Loreen de qui il s'agit. **Conjugue les verbes au prétérit.**

Diana Spencer (be) .... born in 1961. She (marry) .... Prince Charles in 1981.
They (have) .... two sons but they (not/have) .... a daughter.
They (divorce) .... in 1996. She (die) .... in a car crash in Paris in 1997.
At her funerals, Elton John (play) .... the piano and the whole world (cry) ....

3 Écris dans la grille le prétérit des verbes ci-dessous.

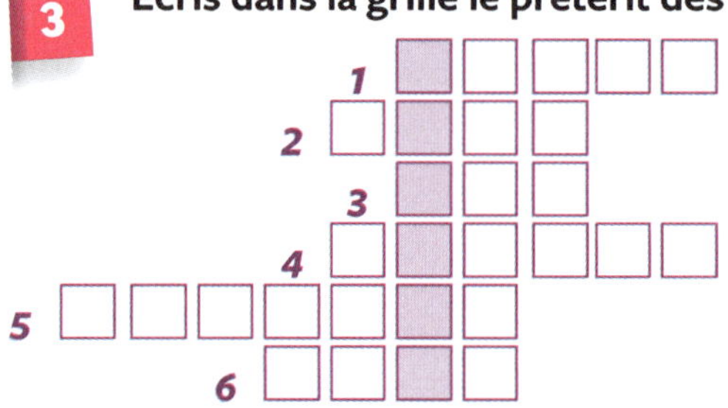

Tu découvriras alors le nom de la personne qui a préféré la visite du musée de cire.

1. like **2.** take **3.** run
4. become **5.** visit **6.** go

Indice

Quelques verbes irréguliers :
- *"become", "became" (devenir)*
- *"go", "went" (aller)*
- *"run", "ran" (courir)*
- *"take", "took" (prendre)*

CORRIGÉS p. 93

Parler de ses projets

Anglais

On the way to Brighton

SÉBASTIEN : So, what are we going to do in Brighton?
DEBBIE : First, we're going to visit the Brighton Pavilion. It's a beautiful palace.
SÉBASTIEN : And then?
DEBBIE : We're going to walk on the beach.
SÉBASTIEN : Super! I'm going to love that!
DEBBIE : There's something else you're going to love: the pier. It's a great place to play.
SÉBASTIEN : Brilliant! We're going to have fun!

- *to walk:* marcher, se promener
- *the beach:* la plage
- *something else:* quelque chose d'autre
- *the pier:* la jetée
- *to have fun:* s'amuser

1 **À l'aide du dialogue, coche ce que Debbie et Sébastien ont prévu de faire aujourd'hui.** Debbie and Sébastien are going to:

- ☐ go to Brighton.
- ☐ go to London.
- ☐ go to St Pancras station.
- ☐ visit a museum.
- ☐ visit a palace.
- ☐ visit the police.
- ☐ swim.
- ☐ walk.
- ☐ play.

2 Sur le chemin du retour, Sebby et Debbie parlent de la semaine prochaine. **Complète le dialogue avec *be going to* (à la forme qui convient).** Utilise ces verbes :

visit – rain – do – go – come

– What .... you .... next week?
– I .... to Dublin with my family.
– .... your brother Godfrey .... with you?
– Yes, he is.
– .... you .... Phœnix Park?
– Yes, we are. But I hope it ....!

Mini-Cours

- Pour parler de ses projets ou de ce que l'on a l'intention de faire, on peut utiliser : be (au présent) + going to + base verbale.
- *Be going to* s'utilise aussi lorsque l'on peut prédire ou déduire que quelque chose va se produire, à partir de ce que l'on sait du présent. Ex. : *Look! It's going to rain.*
- L'auxiliaire be n'a que 3 formes (*am*, *is*, *are*). Il prend la marque de la négation et précède le sujet à la forme interrogative. Ex. : *He isn't going to come. What are you going to do?*

3 Les vacances de Sébastien s'achèvent déjà. Voici ce qui va se produire demain. **Complète les phrases en utilisant *be going to* et les verbes suivants :**

cry – pack – say goodbye

1. Tomorrow morning, Sébastien ....
....

2. At the station, they
....
....

3. Debbie ....
....
....

CORRIGÉS p. 93

Histoire

La cité d'Athènes au ve siècle avant J.-C.

Mini-Cours

- Au ve siècle avant J.-C., Athènes domine la mer Égée après sa victoire contre l'Empire perse, battu en 490 avant J.-C. à Marathon.
- Les citoyens doivent défendre la cité et participent à son gouvernement. Réunis en assemblée, ils forment l'Ecclésia qui vote les lois et les déclarations de guerre. Ils désignent également les magistrats qui dirigent la cité, comme le stratège Périclès.
- L'ostracisme leur permet de chasser de la cité un citoyen qui menacerait la démocratie athénienne d'un retour à la tyrannie.

Le vote de la loi à Athènes au ve siècle avant J.-C.

1 Observe cette scène qui montre une réunion de l'Ecclésia et coche les bonnes solutions.

1. La réunion de l'Assemblée des citoyens a lieu :

☐ en plein air sur la colline de la Pnyx.
☐ dans un temple sur la colline de l'Acropole.

2. Participent : ☐ les femmes. ☐ les hommes.

3. Pour prendre la parole, le citoyen doit :

☐ crier plus fort que les autres.
☐ attendre son tour puis monter sur l'estrade.

4. Les citoyens votent les lois :

☐ à main levée. ☐ à bulletin secret.

2 À l'aide des définitions, place les mots de la liste dans la grille.

Les exclus de la démocratie athénienne apparaissent sur fond de couleur.

1. Étrangers, peuvent vivre et travailler à Athènes mais non voter.

2. Nom grec de l'assemblée des citoyens.

3. Ne peuvent ni voter ni sortir seules !

4. Magistrats élus chargés des questions militaires.

5. Principal dirigeant d'Athènes au ve siècle avant J.-C.

6. Ont un maître et sont considérés comme un meuble.

7. Eux seuls, nés athéniens, peuvent aller sur la Pnyx pour voter ou être élus.

8. Futurs citoyens, s'ils sont garçons, nés Athéniens !

Petite info

La démocratie athénienne est sans doute le premier système politique à donner le pouvoir aux citoyens. Mais elle compte beaucoup d'exclus : les métèques, les esclaves, les femmes...

3 À l'aide des réponses antérieures, choisis la définition du mot « démocratie ».

☐ Un roi dirige seul, à vie, de manière autoritaire et avec tous les pouvoirs.

☐ Le pouvoir appartient à quelques hommes influents qui se distinguent par leur richesse ou leur naissance.

☐ Le pouvoir appartient à tous les citoyens qui peuvent voter et être élus.

CORRIGÉS p. 93

Les différents modes de développement des êtres vivants

Sciences

1 Le développement de la libellule dans l'eau… dans l'air…

Au cours de sa vie, la libellule connaît une transformation profonde : la métamorphose. Elle la fait évoluer de l'état de larve aquatique à celui d'adulte aérien. À l'état de larve, elle passe plusieurs années dans le fond des étangs. Sa vie d'adulte aérien ne durera que l'espace d'un été.

Mets les phrases suivantes dans l'ordre en les numérotant.

- .... L'enveloppe de la larve se fend et l'insecte adulte en sort.
- .... Les œufs donnent naissance à des larves qui vivent au fond de la mare pendant deux à trois ans, durant lesquels elles subissent plusieurs transformations.
- *1* Les libellules pondent leurs œufs sur les tiges des végétaux, en bordures de mares.
- .... Les ailes s'épanouissent peu à peu, la libellule est prête à prendre son envol, à la recherche de petits insectes dont elle se nourrit et d'un partenaire pour se reproduire. La boucle est bouclée !
- .... Leur développement achevé, les larves agrippent la tige d'une plante immergée, grimpent, et gagnent le milieu aérien.

Mini-Cours

- La **nutrition** permet le développement des êtres vivants. Les organes reproducteurs des adultes fournissent les cellules reproductrices ou gamètes. La **fécondation**, union d'un gamète mâle et d'un gamète femelle, donne une **cellule-œuf**.
- Chez de nombreux animaux, comme la plupart des mammifères, la cellule-œuf donne un **adulte** « en miniature ». D'autres, tels les insectes, passent par un ou plusieurs stades intermédiaires (larves, chrysalides…).
- Dans le pistil des plantes à fleurs, la cellule-œuf donne une **graine** qui sera libérée dans le milieu et pourra germer en donnant une nouvelle plante adulte.

2 La germination des graines.

Au cours de l'été, de nombreuses plantes fleurissent. Quand les fleurs fanent, elles laissent leur place aux fruits qui contiennent des graines.

1. Recueilles-en quelques-unes.

2. Fais les germer sur un peu de terre que tu maintiendras humide.

3. Photographie ou dessine la jeune plante à différents stades de son développement, en prenant soin de noter la date à chaque fois.

4. Colle tes photos ou dessins sur une grande feuille, dans l'ordre chronologique.

CORRIGÉS p. 93

Check ! 6 questions pour vérifier que tu as retenu l'essentiel.

1 **Coche la forme correcte.**

a) Vous ☐ êtes allés ☐ avez allés voir un film d'aventures.

b) Tu ☐ as mangé ☐ a mangé de tout.

c) Elles ☐ sont venu ☐ sont venues te rendre visite.

d) La pièce que nous ☐ avons vu ☐ avons vue était inédite.

e) Elle a eu tellement honte qu'elle ☐ a rougi ☐ a rougie.

f) Elle ☐ est arrivée ☐ est arrivé avant la nuit.

2 **Simplifie le plus possible les fractions suivantes.**

$\frac{15}{35} = \frac{\dots}{\dots}$ $\frac{63}{36} = \frac{\dots}{\dots}$ $\frac{400}{2\,200} = \frac{\dots}{\dots}$ $\frac{48}{72} = \frac{\dots}{\dots}$

3 **Entoure en vert la bonne réponse sur chaque ligne.**

Dans cet exercice, l'unité d'aire est l'aire du carré rouge.

	aire		
figure 1	16	15	7,5
figure 2	32	54	28

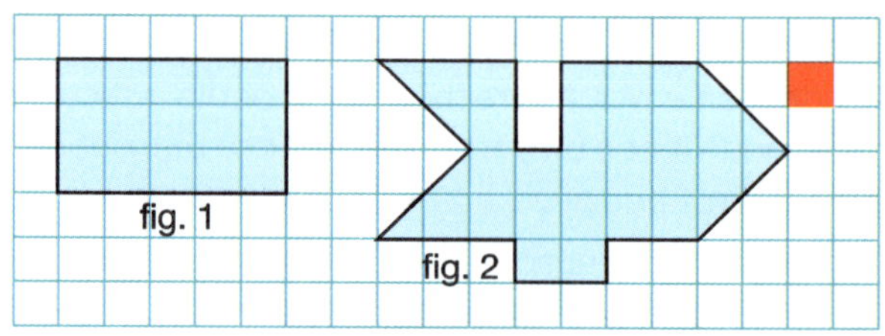

4 **Relie chaque question à sa réponse.**

Were you at the museum yesterday? • • I went to the museum.
What did you do yesterday? • • Yes, I did.
Did you go to the museum? • • Yes, I was.

5 **Le système politique d'Athènes au ve siècle avant J.-C. est…**

☐ la monarchie. ☐ la démocratie. ☐ la République.

6 **Relie chaque mot à sa définition.**

larve • • union d'un gamète mâle et d'un gamète femelle
fécondation • • cellule reproductrice, mâle ou femelle
cellule-œuf • • jeune différent de l'adulte
gamète • • résultat de la fécondation

CORRIGÉS **p. 93**

WebQuest

Travail ou loisir ?

Au Moyen Âge, la chasse au faucon n'était pas pratiquée de la même façon selon qu'on appartenait à la noblesse ou au peuple. Lis l'article suivant : **https://fr.vikidia.org/wiki/Chasse_au_Moyen_Âge** pour savoir quelles proies étaient destinées aux seigneurs et quelles proies étaient destinées au reste de la population.

Réponse : Gros gibier (ours, sanglier, cerf) pour les nobles et petit gibier pour les gens du peuple (lapin, lièvre, perdreau, blaireau, faisan).

ÉPISODE 7

© fototrav/Istock

Zapping

La bombe P va-t-elle exploser ?

La population mondiale, d'1 milliard en 1800, dépasse aujourd'hui les 7,1 milliards. Elle augmente au rythme de 207 000 personnes... par jour ! En 2050, nous serons probablement 9,8 milliards d'êtres humains sur Terre. Cette croissance démographique est si rapide que des scientifiques ont alerté sur les risques d'explosion de la « bombe P » (P pour « population ») : nous serions trop nombreux sur une planète pas assez riche en ressources naturelles. Heureusement, il y a la recherche ! En améliorant les rendements de l'agriculture, elle permet de nourrir plus de personnes. Pour que la « bombe P » n'explose pas, il faudra, d'ici 2050, veiller à un partage des richesses plus équitable, autrement dit, réduire les inégalités entre les 15 % d'habitants des pays riches et les 85 % d'habitants des pays pauvres.

© studiodr/Istock

Français

Lire une description

Le narrateur décrit Trantor, une planète surpeuplée.

Il ne voyait pas le sol qui disparaissait sous l'enchevêtrement sans cesse plus complexe des constructions dues à l'homme. En fait d'horizon, où que portât son regard, il n'apercevait que le métal se découpant sur fond de ciel, donnant au paysage un aspect gris presque uniforme.
Rien ne bougeait, pourtant il n'ignorait pas que, sous la carapace métallique de la planète, des milliards d'hommes poursuivaient sans relâche leurs activités. Il n'y avait pas trace de verdure, ni de terre, pas un signe de vie autre qu'humaine. Quelque part sur cette planète, se dressait le palais de l'empereur, au beau milieu de ses vingt-cinq mille hectares de sol naturel, où les frondaisons s'illuminaient d'un arc-en-ciel de fleurs multicolores. Une petite île de verdure perdue dans un océan d'acier.

▪ Isaac Asimov, *Fondation*, © Éditions Denoël, 2006, traduit de l'américain par Jean Rosenthal et Pierre Billon, traductions harmonisées et complétées par Philippe Gindre.

Mini-Cours

- Une description donne à voir un personnage, un objet ou un lieu (ici, une planète). Elle peut faire appel à d'autres sens que la vue.
- La description d'un lieu permet de créer une atmosphère, de préciser le cadre d'un récit, le décor dans lequel les personnages vont évoluer.
- Les temps utilisés sont le présent ou l'imparfait.

1 **Trouve le dessin qui correspond à la description du texte ci-dessus.**

1. ☐

2. ☐

3. ☐

2 **a) Par lequel des cinq sens ce paysage est-il perçu ?**

....

b) Relève quatre mots qui appartiennent au champ lexical de ce sens.

....

Petite info
Un champ lexical réunit des mots et des expressions se rapportant à la même idée.

3 **a) Compare les caractéristiques du domaine impérial avec celles du reste de la planète.**

	Domaine impérial	Reste de la planète
Couleurs	....	....
Éléments	....	....

b) Encadre la phrase du texte qui reprend les deux caractéristiques de la planète.

CORRIGÉS p. 93

Reconnaître un adjectif qualificatif

1 **Dans les groupes nominaux suivants, encadre le nom puis souligne le mot qui exprime une qualité de ce nom.**

1. la carapace métallique
2. l'immense planète
3. les fleurs multicolores
4. les constructions compliquées
5. une petite île
6. un magnifique palais

Mini-Cours

- Un adjectif qualificatif sert à caractériser un nom.
- Il s'accorde en genre et en nombre avec le nom qualifié.
- Il peut être :
  – épithète s'il fait partie du groupe nominal (ex. : *la population mondiale*) ;
  – attribut du sujet s'il fait partie du groupe verbal. Il est alors relié au nom par l'intermédiaire d'un verbe attributif. Ex. : *Les galaxies sont innombrables.*

2 **Voici une liste d'adjectifs ; retrouve leur contraire dans la grille de mots mêlés.**

génial – rapides – vides – invincible – fragiles – vieilles – mouillé – aimable – minuscule – court – beau – indiscipliné – léger

i	m	m	e	n	s	e	l	r	x
s	n	u	l	u	x	u	a	o	d
e	r	e	a	e	m	v	i	t	o
c	a	t	t	i	i	o	d	d	c
b	l	e	n	t	e	s	l	e	i
l	e	e	r	d	r	u	o	l	l
v	u	l	n	e	r	a	b	l	e
x	s	o	l	i	d	e	s	o	d
s	e	n	i	e	l	p	a	a	p
e	e	g	a	j	e	u	n	e	s

3 **Accorde l'adjectif entre parenthèses avec le nom qu'il qualifie.**

1. la croissance de la population (mondial) ....
2. 10 milliards d'êtres (humain) ....
3. les progrès de la recherche (scientifique) ....

4 **Donne la fonction des adjectifs en couleur. Écris É (épithète) ou A (attribut).**

1. La population mondiale est en perpétuelle croissance. ....
2. Nos ancêtres étaient six fois moins nombreux il y a 200 ans. ....
3. Une épouvantable famine s'est abattue sur ce pays. ....
4. Avec le développement des villes, l'air sera de plus en plus pollué. ....

CORRIGÉS p. 93

Maths

Reconnaître et utiliser une situation de proportionnalité

Mini-Cours

Soit deux suites de nombres proportionnelles écrites dans un tableau :

- Les nombres de la deuxième ligne s'obtiennent en multipliant ceux de la première par un même nombre appelé coefficient de proportionnalité.
- Les nombres d'une colonne s'obtiennent en multipliant ceux d'une autre colonne par un même nombre.

Ex. : *Dans le tableau ci-dessous, le coefficient de proportionnalité, qui correspond au prix d'un kilo de pommes, s'obtient ainsi : $6 \div 5 = 1{,}2$ ou $9{,}6 \div 8 = 1{,}2$*

Poids des pommes (en kg)	5	8
Prix des pommes (en €)	6	9,6

× 1,2

1 Voici un H écrit dans différentes tailles de la police Tahoma.

a) Est-ce que la hauteur des lettres est proportionnelle à la taille de la police ? ....

b) Est-ce que la largeur des lettres est proportionnelle à la taille de la police ? ....

	H	H	H	H	H	H
Taille de la police	12	24	36	48	60	72
Hauteur (en cm)	0,31	0,62	0,93	1,24	1,55	1,86
Largeur (en cm)	0,23	0,44	0,66	0,88	1,1	1,56

2 Lise et Célia iront au centre aéré au mois d'août.
Les prix sont affichés à l'entrée :

a) Sont-ils proportionnels à la durée ? ....

b) Sont-ils proportionnels au nombre d'enfants ? ....

3 Cyril vient d'essayer une nouvelle voiture qui consomme en moyenne 5,2 L d'essence aux 100 km.

Complète le tableau de proportionnalité suivant :

Distance parcourue (en km)	100	300		780	
Consommation (en litres)			23,4		57,2

× ....

CORRIGÉS p. 94

Reconnaître et manipuler des solides

Mini-Cours

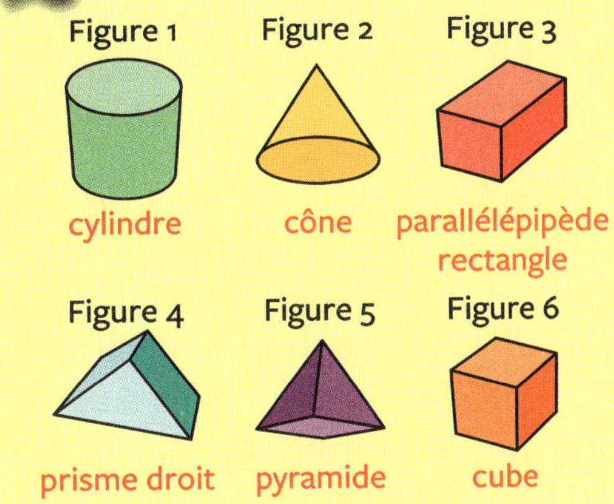

1 Le solide ci-contre est un parallélépipède rectangle.
Complète la figure en utilisant les mots suivants :

arête – sommet – face

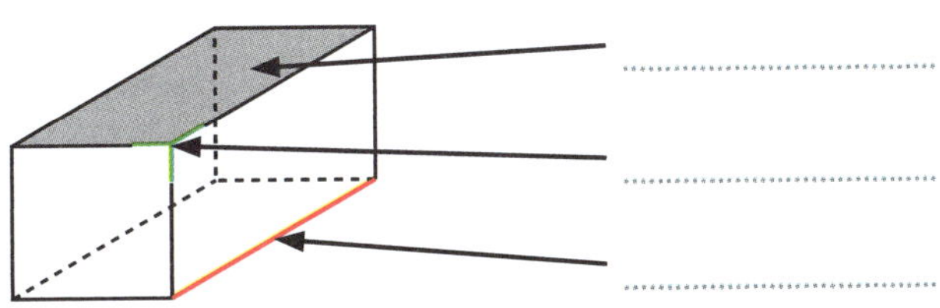

2 **En utilisant les figures de l'encadré ci-dessus, complète le tableau ci-dessous :**

	Fig 1	Fig 2	Fig 3	Fig 4	Fig 5	Fig 6
Nombre de sommets						
Nombre de faces						
Nombre d'arêtes						

3 La figure ci-contre est le patron d'un parallélépipède rectangle.
On appelle l sa largeur, L sa longueur et h sa hauteur.

a) Avec ta règle graduée, détermine l, L et h.

l = ... cm L = ... cm h = ... cm

b) Sur une feuille de papier cartonnée, reproduis ce patron en triplant ses dimensions, découpe-le puis monte-le.

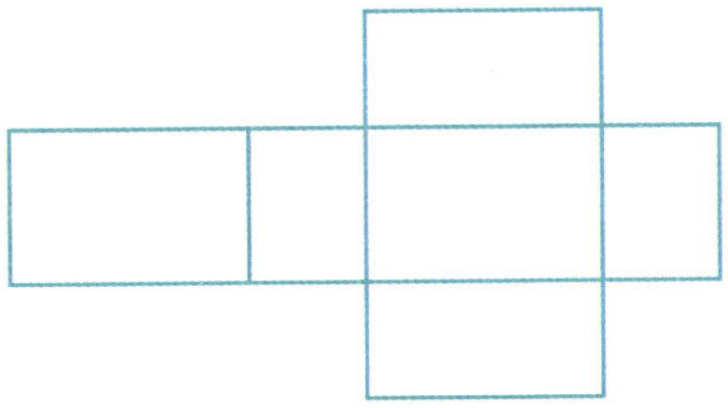

CORRIGÉS **p. 94**

Anglais

Prononcer les sons difficiles

Tongue-twister

Sébastien : Debbie, do you think my pronunciation is better than it was when I arrived?

Debbie : Of course, it is! But you still have problems with "th" for example.

Sébastien : I know... This sound doesn't exist in French. How can I improve the way I say it?

Debbie : Try to say this tongue-twister: "This is the third Thursday of the month."

Sébastien : "This is the th...third Th...Thursday of the month".

Debbie : Not bad! But the letter "i" in "third" is pronounced as in "girl", not as in "this".

Sébastien : Oh, no! Why is English so complicated?!

- *still:* encore, toujours
- *to improve:* améliorer
- *a tongue-twister:* un virelangue (suite de mots très difficile à prononcer)

Mini-Cours

- Beaucoup de sons anglais n'existent pas en français et sont donc difficiles à prononcer : ainsi, *r* ou *h* posent souvent problème.
- Par ailleurs, une même graphie peut se prononcer de différentes façons (par exemple, il y a environ six façons de prononcer a !) et la prononciation d'un son voyelle (long ou court) peut changer le sens d'un mot. Quand on apprend un mot, il faut donc apprendre aussi sa prononciation.

1 **Peux-tu différencier la prononciation du *th* de celle de *s* ou *z* ? Écoute et coche le mot tu entends.**

1. ☐ then ☐ zen
2. ☐ thick ☐ sick
3. ☐ thorough ☐ sorrow
4. ☐ think ☐ sink

2 *th* se prononce en mettant le bout de la langue sous les dents du haut, mais il correspond à deux prononciations légèrement différentes. **Écoute les mots suivants et classe-les selon la prononciation du *th*.**

that – there – birthday – thirty – mother – brother – tooth – think

/θ/ comme dans *third* (plus proche du /S/)	/ð/ comme dans *this* (plus proche du /Z/)

3 **Écoute et complète ces virelangues en *r* puis entraîne-toi à les répéter de plus en plus vite.**

1. Rita's rowing on the .... Ribble. **2.** Richard's .... ready to ....

4 **Il est important de prononcer et de reconnaître le *h* pour ne pas faire de confusion. Écoute et coche les mots que tu entends.**

1. ☐ it ☐ hit **3.** ☐ air ☐ hair **5.** ☐ old ☐ hold
2. ☐ eight ☐ hate **4.** ☐ hi! ☐ eye **6.** ☐ and ☐ hand

CORRIGÉS p. 94

Anglais

5 **Écoute ces mots et raye le *h* quand il ne se prononce pas.**

HOUSE – HOTEL – HOUR – HAPPY – HEAR – HONESTY – HISTORY

Indice
Le h s'entend le plus souvent en anglais, il n'existe que peu de mots dans lesquels on ne le prononce pas.

6 *i* peut se prononcer /ɜː/ comme dans *girl*, /ɪ/ comme dans *this* ou *fish*, ou /aɪ/ comme dans *like*. **Écoute chacun des mots et coche le signe qui correspond à ce que tu entends.**

1. give ☐/ɜː/ ☐/ɪ/ ☐/aɪ/
2. first ☐/ɜː/ ☐/ɪ/ ☐/aɪ/
3. life ☐/ɜː/ ☐/ɪ/ ☐/aɪ/
4. child ☐/ɜː/ ☐/ɪ/ ☐/aɪ/
5. city ☐/ɜː/ ☐/ɪ/ ☐/aɪ/
6. live ☐/ɜː/ ☐/ɪ/ ☐/aɪ/

Indice
Le symbole /ː/ indique que le son est long.

7 *ea* peut notamment se prononcer /iː/ comme dans *tea*, /e/ comme dans *head*, /ei/ comme dans *break*, /ɛə/ comme dans *wear*, /ɜː/ comme dans *learn*. **Chacune de ces listes comporte un intrus dont la prononciation de ea diffère des autres. Raye-le puis vérifie à l'écoute.**

1. tea – eat – bear
2. head – hear – heavy
3. break – weak – teacher
4. wear – weak – bear
5. learn – read – early
6. please – repeat – ready

8 Certains mots qui peuvent paraître proches à un francophone se distinguent principalement par la longueur du son voyelle... et les confondre peut parfois tout changer ! **Écoute les phrases et entoure le mot que tu entends.**

1	 a sheep / iː/	 a ship /ɪ/	2	 beans / iː/	 bins /ɪ/
3	 a peach / iː/	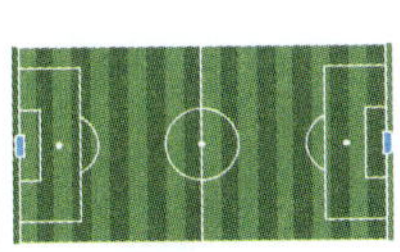 a [football] pitch /ɪ/	4	 to feel / iː/	 to fill /ɪ/

Indice
Tu peux aussi utiliser le contexte (les autres mots donnés dans la phrase) pour t'aider à choisir.

9 **Écoute les mots suivants et souligne, dans chaque paire, le mot dont le son voyelle est long.**

1. be – bed
2. port – pot
3. foot – feet
4. jeans – gin
5. seat – sit
6. son – soon
7. grey – green
8. blue – bluff

CORRIGÉS **p. 94**

Géographie

La population mondiale, sa répartition et sa croissance

Mini-Cours

- Avec plus de 7 milliards d'habitants, notre planète n'a jamais été aussi peuplée, et ce n'est pas fini : si sa croissance continue au même rythme, nous serons environ 9,8 milliards en 2050 !
- La répartition de la population est très inégale : l'Asie regroupe plus de la moitié de la population et deux des trois principaux foyers de population : l'Asie du Sud en croissance toujours rapide et l'Asie de l'Est en croissance ralentie. Le troisième foyer se situe en Europe, mais sa part dans la population mondiale diminue.

1 **Sais-tu quel est le seul continent qui ne compte aucun habitant ?**

....

2 **Observe la carte et sa légende.**

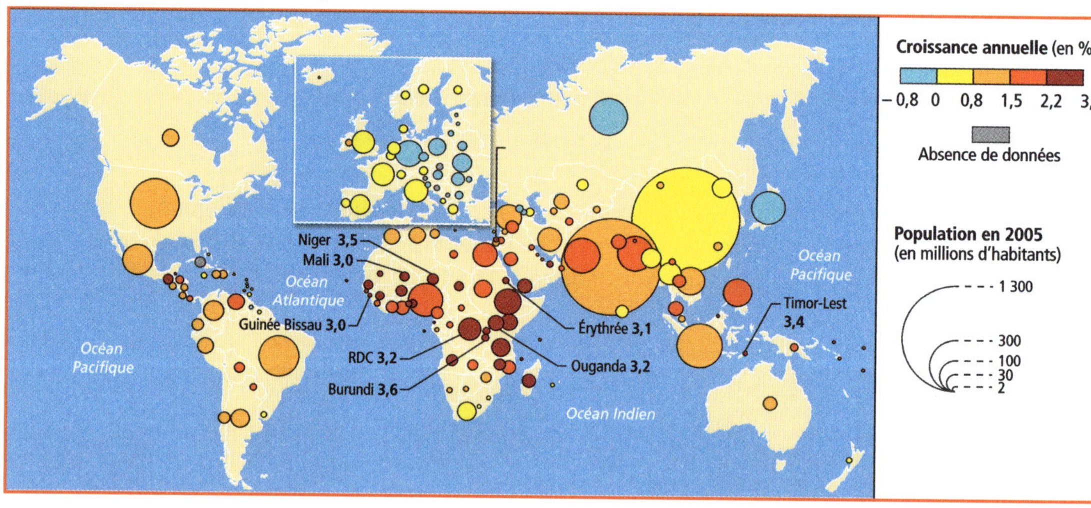

a) Cite le continent où la croissance démographique est la plus forte. ....

b) Cite un pays d'Amérique où la croissance démographique est faible. ....

c) Cite un pays où la croissance démographique est négative. ....

3 **Coche vrai (V) ou faux (F).**

	V	F
1. On dit qu'il y a croissance démographique quand la population diminue.	☐	☐
2. Une croissance démographique négative signifie que la population diminue.	☐	☐
3. La croissance démographique est plutôt forte dans les pays en voie de développement.	☐	☐
4. La croissance démographique de la Chine est plus forte que celle de l'Inde.	☐	☐

Petite info

De 1979 à 2015, pour limiter la croissance démographique, la Chine a imposé la politique de l'enfant unique. Autorisé dans les campagnes dès les années 1980, le droit à deux enfants est étendu à tous les habitants depuis 2015.

CORRIGÉS p. 94

Techno

Se déplacer sur l'eau

Mini-Cours

- Dans l'Antiquité grecque, les navires appelés « galères » se déplaçaient grâce à l'énergie éolienne et à l'énergie musculaire. Depuis l'ère industrielle, les énergies fossiles (charbon, pétrole) sont largement utilisées pour propulser les navires mais leurs réserves ne sont pas infinies.
- De nos jours, il existe cependant des solutions énergétiques basées sur les énergies renouvelables (éolien, solaire, pile à combustible...) qui ont un impact moins important sur le réchauffement climatique.

1 **Complète le tableau en indiquant le(s) type(s) d'énergie utilisée pour chaque embarcation représentée.**

pétrole – bois – vent – muscle – charbon

Préhistoire	Antiquité	XIXe siècle	XXe siècle	XXIe siècle

....	....	....	....	....

2 **Complète la description à l'aide des mots ci-dessous.**

batteries – autonomie – catamaran – propulsion – panneaux photovoltaïques – moteurs électriques

© hippostudio/Istock

- Le MS Tûranor PlanetSolar est un .... solaire de 35 mètres de long qui a réalisé le tour du monde en 6 mois sans aucun carburant.
- Il est recouvert de 512 m² de ....qui alimentent des .... de stockage. Celles-ci servent à alimenter les .... nécessaires à la .... ainsi que les systèmes de vie à bord. Une fois les batteries chargées, l'...................... de navigation du PlanetSolar est de 72 heures !

(http://www.planetsolar.org/)

3 **Indique pour chaque type d'énergie dans le tableau s'il s'agit d'une énergie fossile ou renouvelable.**

- Les énergies fossiles sont des énergies que l'on trouve dans le sous-sol et dont les réserves sont limitées.
- Les énergies renouvelables sont des énergies disponibles dans la nature de façon illimitée.

Le charbon	La géothermie	Le pétrole	L'énergie solaire	L'énergie éolienne	L'énergie nucléaire
....	....	....	....	....	....

CORRIGÉS p. 94

Check ! 6 questions pour vérifier que tu as retenu l'essentiel.

1 **Lis cette description et réponds aux questions.**

« Raboliot aspirait les **odeurs** de la nuit, [...] celle des feuilles tombées qui feutraient l'**humus** gras ; et il **sentait** passer, aussi, l'**odeur** des champignons soulevant du chapeau la jonchée des aiguilles, une autre **odeur** encore, imperceptible, où se mêlaient un **relent** de suie froide et des **fumets** vivants d'étable et de porcherie. »

■ Maurice Genevoix, *Raboliot*, © Grasset, 1989.

a) Parmi les mots en gras, lequel n'appartient pas au champ lexical de l'odorat ?

....

b) Les verbes sont conjugués : ☐ au passé simple ☐ à l'imparfait ☐ au passé composé.

2 **Coche la bonne orthographe et donne la fonction de l'adjectif.**

1. La planète Terre paraît ☐ bleu ☐ bleue.

☐ attribut du sujet ☐ épithète

2. Une surpopulation et un manque d'eau ☐ importants ☐ importantes sont à craindre.

☐ attribut du sujet ☐ épithète

3 **Avec 2 kg de fruits (et du sucre), on peut faire 7 pots de 450 g de confiture. Complète le tableau.**

poids des fruits (kg)	2	....	12
confiture (nombre de pots)	7	21	....

4 **Relie chaque mot à sa transcription phonétique (prononciation).**

1. then — **a)** /ðɪs/
2. third — **b)** /ðɛn/
3. this — **c)** /θɜːd/
4. eat — **d)** /hɛd/
5. head — **e)** /iːt/
6. it — **f)** /ɪt/

5 **Combien y a-t-il d'habitants sur Terre en 2016 ?**

☐ environ 7 millions ☐ environ 4 milliards ☐ environ 7 milliards ☐ environ 17 milliards

6 **Relie chaque pièce d'un bateau à l'énergie qui lui correspond.**

voile • • charbon (énergie fossile)
rame • • énergie éolienne
cheminée • • énergie musculaire

CORRIGÉS **p. 94**

WebQuest

Compter en direct

Le site http://www.worldometers.info affiche en temps réel de nombreuses données concernant la population humaine : nombre d'ordinateurs fabriqués cette année, de livres publiés, de naissances, etc. En utilisant l'outil Google translate, trouve la traduction en français du terme « Current World Population » correspondant à la première donnée de la page.

Réponse : Population mondiale actuelle.

ÉPISODE 8

© Susan HSmith/Istock

Zapping

Pourquoi ne peut-on pas vivre sans les abeilles ?

Sans les abeilles, 84 % des plantes à fleurs et 85 % des plantes cultivées en Europe risqueraient de disparaître. Car ce sont les abeilles qui, en butinant le nectar des fleurs, permettent le transfert du pollen vers le pistil et, ainsi, fécondent les plantes. Or, sans fleurs, pas de fruits. Les scientifiques estiment qu'environ 36 % de ce que nous mangeons dépend directement de la pollinisation effectuée par les abeilles. Sans elles, tu ne trouverais plus de confitures, ni de jus d'orange pour ton petit-déjeuner… Or, le nombre d'abeilles diminue chaque année. C'est pourquoi il est important que les agriculteurs utilisent moins de pesticides dans leurs champs : ces produits chimiques, employés contre les mauvaises herbes, les champignons et les insectes nuisibles, sont aussi très toxiques pour les abeilles !

© SumikoPhoto/Istock

© grafvision/Istock

Français

Distinguer les différents types de phrases

James est très malheureux chez ses deux méchantes tantes. Un jour, une pêche géante pousse dans le jardin : elle va lui servir de bateau et lui permettre de s'échapper avec ses amis.

Bon, dit le ver de terre, si cette pêche ne coule pas et si nous ne mourons pas tous noyés, nous finirons tous par mourir de faim, c'est inévitable.

– La pêche ! Qu'en faites-vous ? Notre bateau se mange !
[s'exclama James.]

– Je suis persuadé du contraire ! dit le ver de terre. Vous avez des idées folles ! Nous ne pouvons pas manger le bateau !

– Mangez-en tant que vous voudrez, répondit James. Puisque je vous dis qu'il y en a pour des semaines et des semaines !

– Tout le monde se précipita vers l'entrée du tunnel pour entamer la belle pêche, si dorée, si juteuse, si appétissante.

■ Roald Dahl, *James et la grosse pêche*, traduit par Maxime Orange, 1997, © Éditions Gallimard Jeunesse. JAMES & THE GIANT PEACH © Roald Dahl Nominee Ltd, 1961.

Mini-Cours

- Une phrase déclarative énonce un fait, une opinion. Ex. : *Il fait beau.*
- Une phrase exclamative exprime un sentiment fort et se termine par un point d'exclamation. Ex. : *Comme c'est dommage !*
- Une phrase impérative donne un ordre ou un conseil. Ex. : *Viens ici !*
- Une phrase interrogative pose une question et se termine par un point d'interrogation. Ex. : *As-tu compris cette leçon ?*

1 **Dans le texte, numérote les cinq phrases en couleur, puis classe-les dans le tableau.**

Phrase(s) impérative(s)	Phrase(s) interrogative(s)	Phrase(s) exclamative(s)
....	....	....

2 **Transforme les phrases déclaratives ci-dessous en phrases exclamatives nominales à l'aide de l'adjectif exclamatif *quel*.**

Ex. : *Cette pêche est gigantesque.* → *Quelle gigantesque pêche !*

1. Ces fruits sont beaux. → ....

2. Il a de la chance. → ....

3. Il fait un temps exécrable. → ....

Indice
N'oublie pas d'accorder le mot « quel » avec le nom auquel il se rapporte.

3 **Complète les phrases suivantes en conjuguant le verbe à l'impératif.**

1. (Venir) .... dès que tu pourras.

2. Je vous en prie, (faire) .... comme chez vous.

3. (Aller) .... -nous-en.

4. (Parler) .... distinctement pour que tout le monde vous entende.

CORRIGÉS p. 95

Utiliser les signes de ponctuation

Français

Mini-Cours

- Le point, le point d'exclamation et le point d'interrogation marquent la fin d'une phrase et sont suivis d'une majuscule.
- Les autres signes de ponctuation précisent le sens d'un énoncé :
  – la virgule sépare les termes d'une énumération ou permet d'isoler un mot ou un groupe de mots ;
  – le deux-points permet d'introduire une énumération, une explication ou des paroles rapportées ;
  – les guillemets servent à citer des paroles.

1 Ponctue la phrase en fonction de son type.

1. James mange un morceau de la pêche (phrase déclarative)
2. James mange un morceau de la pêche (phrase interrogative de registre familier)
3. James mange un morceau de la pêche (phrase exclamative)
4. James mange un morceau de la pêche (phrase impérative)

2 a) Délimite les phrases par une barre verticale dans le texte ci-dessous.

« Nous déjeunons chez ta grand-mère demain. N'oublie pas de mettre un pantalon propre et d'emporter un livre pour le temps du trajet. Il faudra être à l'heure : ta mamie n'aime pas déjeuner trop tard.

– Oui Maman, répondit Léo, j'ai compris ! »

b) Quels sont les indices qui t'ont permis de répondre ?

....

3 Relie chacune des phrases de gauche à la phrase de droite qui lui correspond.

« Marie, déclare Paul, a triché. » •	• Paul a triché.
Marie déclare : « Paul a triché. » •	• Il n'a pas triché.
Il n'a pas triché comme on l'a dit. •	• Il a triché d'une autre façon.
Il n'a pas triché, comme on l'a dit. •	• Marie a triché.

4 Remplace les pointillés par les signes de ponctuation manquants.

> **Indice**
> *Vérifie que tu as employé trois virgules, deux deux-points et des guillemets.*

1. Ils peuvent manger de la pêche ..... celle-ci est suffisamment grosse.
2. James a dit..... ..... Mangez-en tant que vous voudrez ! .....
3. Les oranges ..... les clémentines et les citrons sont des agrumes.
4. La vitamine C ..... que l'on trouve dans la majorité des fruits et légumes frais..... renforce notre système immunitaire.

CORRIGÉS **p. 95**

Maths

Appliquer un pourcentage

Mini-Cours

- Prendre les $\frac{3}{8}$ d'une grandeur, c'est la partager en 8 et en prendre 3 parts.

Cela revient à calculer le produit de ce nombre par $\frac{3}{8}$.

Ex : $\frac{3}{8} \times 56 = (56 \div 8) \times 3 = (3 \div 8) \times 56 = (3 \times 56) \div 8 = 21$.

- Un pourcentage est une fraction dont le dénominateur est 100.

Ex : 15 % signifie $\frac{15}{100}$ et calculer 15 % d'un nombre, c'est multiplier ce nombre par $\frac{15}{100}$.

À retenir : $\frac{50}{100} = \frac{1}{2}$; $\frac{25}{100} = \frac{1}{4}$ et $\frac{75}{100} = \frac{3}{4}$.

1 Dans le Vercors, un apiculteur a installé 150 ruches de montagne de 10 ou 12 cadres. Il a surmonté les ruches les plus productives d'une hausse. Parmi l'ensemble des ruches de Serge, $\frac{13}{25}$ ont 10 cadres et $\frac{7}{30}$, 12 cadres.
Les autres ruches sont surmontées d'une hausse.

Indice

Les abeilles enferment le miel dans des alvéoles qu'elles construisent sur les cadres. Quand une ruche est pleine, on peut la surmonter de hausses (étages de cadres supplémentaires).

a) Combien y a-t-il de ruches de 10 cadres ?

....

b) Combien y a-t-il de ruches de 12 cadres ?

....

c) Combien de ruches ont une hausse ? Quelle fraction du total cela représente-t-il ?

....

2 **À chaque graphique, associe le pourcentage représenté par la zone coloriée :**

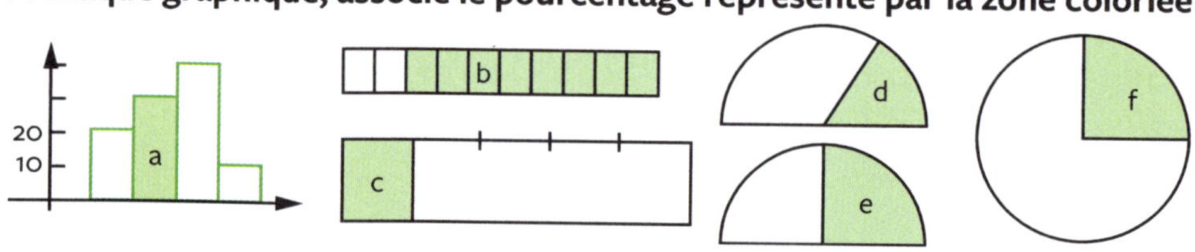

Zone coloriée						
Pourcentage	25 %	50 %	Environ 33 %	80 %	30 %	20 %

3 On a dénombré 2 200 places pour les bateaux de plaisance sur les ports de Saint-Malo, Cancale et Saint-Suliac. Saint-Malo possède 66 % des places, tandis que Cancale en détient 25 %.

a) Calcule le nombre de places à Saint-Malo : ....

b) À quel pourcentage correspond le nombre de places à Saint-Suliac ?

....

CORRIGÉS p. 95

Calculer un volume

Mini-Cours

Ce parallélépipède rectangle contient
$3 \times (5 \times 4) = 60$ cubes de 1 cm³.
Son volume est donc de 60 cm³.

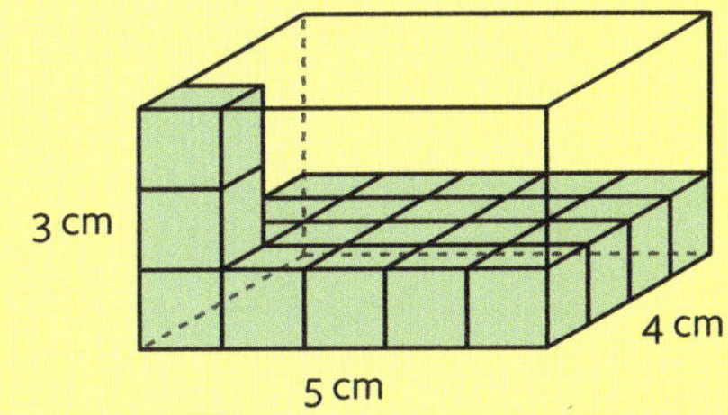

1 **Détermine le volume de chacun des solides,** l'unité de volume étant le cube vert ci-contre :

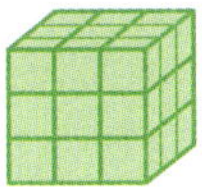

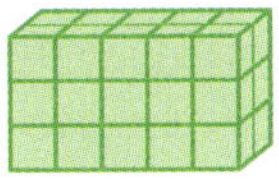

Vue de dessus :

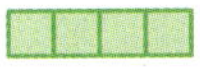

Vue de dessus :

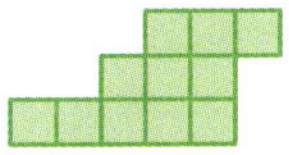

1. ....

....

2. ....

....

3. ....

....

4. ....

....

2 Sachant qu'une personne inspire en moyenne 16 fois par minute et qu'à chaque fois elle inspire environ 0,5 L, **quelle est la quantité d'air inspiré par jour en litres ? en m³ ?**

....

....

3 Les 21 élèves de la 6ᵉ B se retrouvent pour fêter les vacances. Ils ont acheté 5 bouteilles de 1,5 L de leur boisson gazeuse préférée.

En auront-ils assez pour que chacun puisse boire au moins trois verres de 12 cL ?

....

....

4 La contenance d'un seau est de 12,32 L.
Complète les égalités suivantes :

a) 12,32 L = ... cL

b) 12,32 L = ... dm³

c) 12,32 L = ... daL

d) 12,32 L = ... cm³

e) 12,32 L = ... hL

f) 12,32 L = ... mm³

CORRIGÉS **p. 95**

Accentuer, mettre l'intonation

A question of rhythm

DEBBIE : Come on, Sebby, French is much more complicated than English!

SÉBASTIEN : Maybe it is... but it's difficult to speak English correctly!

DEBBIE : Well, speaking English isn't just about pronouncing new sounds. It is also about using the correct rhythm.

SÉBASTIEN : What do you mean? Is it like music?

DEBBIE : Yes, it is! To play it, just accentuate the important words. Now, sing along with me: "Debbie and Sebby are the best friends in the world!"

SÉBASTIEN : I love that song!!

- *maybe*: peut-être
- *What do you mean?*: qu'est-ce que tu veux dire ?
- *like* (adv.): comme
- *Sing along with me*: chante avec moi.

1 Il faut être particulièrement vigilant avec l'accentuation de certains mots car elle peut en changer le sens. **Écoute les mots suivants et entoure ce que tu entends.**

1	 © ALEAIMAGE/Istock ***a dessert*** /dɪˈzɜːt/: un dessert	 © fabio Lamanna/Istock ***a desert*** /ˈdɛzət/: un désert
2	 © ZM/Panoramic or  © DWithers/Istock ***a record*** /ˈrɛkɔːd/: un disque ou un record	 © grandriver/Istock ***to record*** /rɪˈkɔːd/: enregistrer

Indice

Les signes phonétiques donnés entre // indiquent comment prononcer le mot. On note ' avant la syllabe accentuée.
Ex : summer /ˈsʌmə/ : la 1re syllabe est accentuée.

Mini-Cours

Pour bien parler anglais, il faut veiller à l'accentuation et à l'intonation :

- Chaque mot de plus d'une syllabe comporte une syllabe plus accentuée que les autres.
- Dans une phrase, les mots porteurs de sens sont accentués. Les mots grammaticaux d'une syllabe sont « réduits », on ne les entend presque pas.

2 **Lis les phrases suivantes et souligne les mots importants, porteurs de sens. Vérifie ensuite à l'écoute que ces mots sont accentués.**

Ex : *Debbie and Sebby are the best friends in the world.*

1. England and Wales are part of the United Kingdom.

2. Sebby's brother is in the South of France at the moment.

3. Loreen is in the garden with her parents.

CORRIGÉS p. 95

Comprendre un document audio

Anglais

Best friends

Sébastien : I'm sad I'm leaving tomorrow...
Debbie : I know and I'm sad too. It is really good to have you here! It's even better than spending time with my best friend...
Sébastien : But I thought I was your best friend!
Debbie : You're my French best friend... and my favourite French boy!
Sébastien : What about your other best friend, then? Is that a boy or a girl?

Écoute la suite de cette conversation sans l'aide du script !

- *even better:* encore mieux
- *to spend time:* passer du temps
- *silly:* stupide, idiot
- *What is she like?:* Comment est-elle ?
- *old-fashioned:* démodé, vieux jeu
- *to be prejudiced:* avoir des préjugés

1 Prépare-toi à écouter la suite du dialogue ci-dessus sur le site : www.editions-hatier.fr.
Que t'attends-tu à entendre ?

☐ Une conversation entre Debbie et Sébastien.
☐ Un monologue de Debbie.
☐ Un documentaire sur l'amitié franco-britannique.
☐ Des renseignements sur le(s) meilleur(es) ami(es) de Sébastien.
☐ Des renseignements sur l'un(e) des meilleur(es) ami(es) de Debbie.

2 **Écoute d'abord l'ensemble du dialogue puis :**
a) Vérifie tes hypothèses (voir exercice 1).
b) Note les mots importants que tu as repérés.

....

....

Mini-Cours

Pour comprendre un document audio, il n'est pas nécessaire de comprendre chaque mot.

- **Avant l'écoute, anticipe à l'aide du titre, de l'illustration, du contexte et/ou des autres éléments qui te sont donnés.**
- **Lors de la 1re écoute, sois concentré sur l'ensemble du document. Prête attention aux voix et surtout aux mots accentués : ce sont les mots les plus importants** **(voir p. 71)****.**
- **Lors des autres écoutes, sois de plus en plus attentif aux détails et complète tes notes.**

3 **Ré-écoute le dialogue et complète la grille ci-dessous. Aide-toi des mots-clés relevés en 2b.**

Topic/ Subject of the dialogue	☐ Debbie's French best friend ☐ Debbie's other best friend ☐ Sebby's best friend
Name	....
Origin	Country: .... City: ....
Where she lives now	....
Father's job	....
Personality	☐ silly ☐ nice ☐ funny ☐ old-fashioned ☐ prejudiced
Sports she practises	....

Histoire

L'Empire romain dans le monde antique

Mini-Cours

- L'enchaînement des conquêtes romaines aboutit à la constitution d'un vaste empire, rassemblant des peuples variés tout autour de la mer Méditerranée.
- Les villes de l'Empire se parent d'édifices similaires à ceux de Rome (appelée l'*Urbs*, la ville d'entre toutes les villes).
Les peuples adoptent un même mode de vie (citoyenneté, usage du latin) : on parle de romanisation.

1 **Le lieu où tu te trouves actuellement se situait-il dans l'Empire romain ?**

....

Si oui, indique-le par une croix sur la carte.

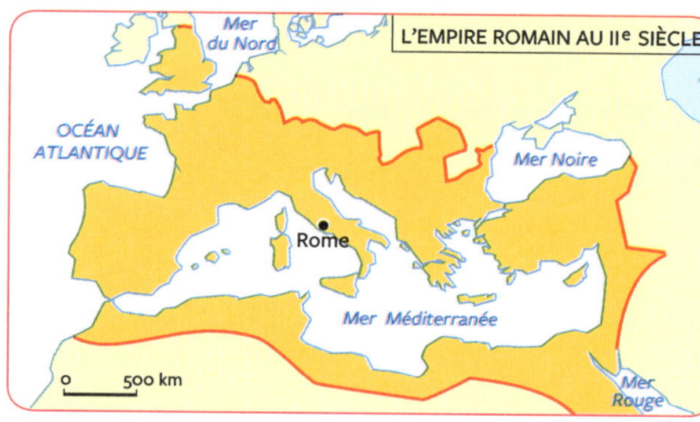

2 Marcus, qui habite Rome, et Livia, qui habite Lugdunum en Gaule, peuvent tous deux fréquenter ces édifices. **Relie chaque lieu à son usage puis entoure les bâtiments qui servent aux loisirs.**

temple  •		• amener l'eau jusqu'aux villes
aqueduc  •		• honorer un dieu ou une déesse
arc de triomphe  •		• rendre hommage à un général vainqueur
thermes  •		• assister à une comédie ou à une tragédie
amphithéâtre 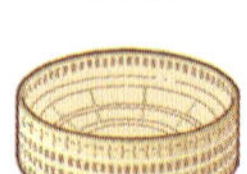 •		• voir un combat de gladiateurs
cirque  •		• se détendre en se baignant
théâtre  •		• assister à une course de chars

CORRIGÉS p. 96

Chaîne alimentaire et matière organique

Sciences

Mini-Cours

- Les êtres vivants qui peuplent un milieu ne sont pas indépendants les uns des autres.
- Entre eux s'établissent des relations variées, souvent alimentaires.
La matière organique passe ainsi d'un être vivant à un autre.
Au début de toute chaîne alimentaire, on trouve les végétaux. Ils sont mangés par des végétariens, qui à leur tour sont consommés par des carnivores, qui eux-mêmes seront la proie d'autres carnivores... Ces réseaux alimentaires agissent ainsi directement sur la population des milieux.

1 **Observe le document et complète les phrases suivantes.**

1. Le mulot mange des ...., des ...., des .... : c'est un ....

2. Le hibou mange des ...., des ...., des .... : c'est un ....

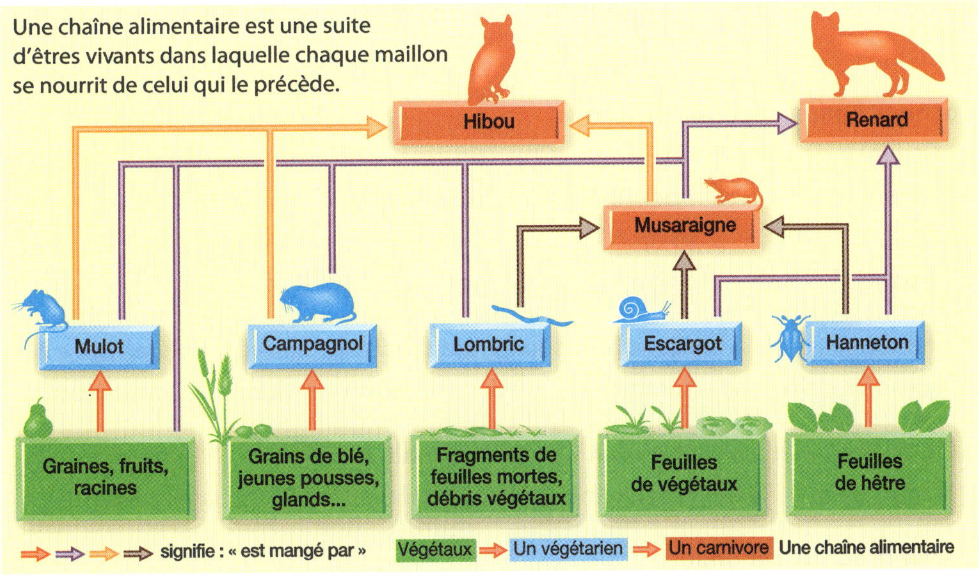

2 **Relie la musaraigne, l'escargot, les feuilles de végétaux et le hibou** par des flèches signifiant « est mangé par ». (Inspire-toi du schéma ci-dessus.)

.... → .... → .... → ....

Tu viens de tracer une ....

3 Observe le premier maillon de chacune des chaînes alimentaires schématisées.
Quel est leur point commun ?

....

4 **Plusieurs chaînes alimentaires dans un même milieu.**
Le schéma ci-dessus montre qu'un être vivant peut appartenir à de nombreuses chaînes alimentaires. Les chaînes se recoupent ; il se forme alors un ....

....

CORRIGÉS **p. 96**

Check! 6 questions pour vérifier que tu as retenu l'essentiel.

1 **Indique le type de chaque phrase.**

a) Je ne le trahirai pas. ☐ déclarative ☐ impérative

b) Vas-y immédiatement ! ☐ impérative ☐ exclamative

c) Ils arrivent enfin ! ☐ interrogative ☐ exclamative

d) Viendra-t-il demain ? ☐ interrogative ☐ exclamative

2 **a) Utilise le graphique pour compléter le tableau.**

destination des déchets	pourcentage
stockage (déchets « ultimes »)	....
incinération	....
recyclage (papier, verre, métal)	....
compostage (déchets dégradables)	....

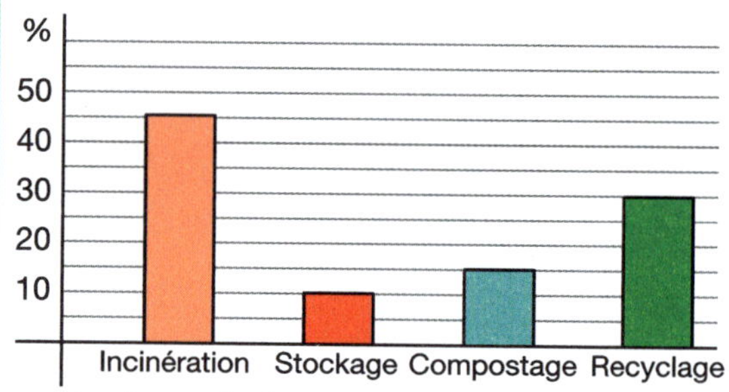

b) Quelle quantité de déchets peut-on recycler à partir de 20 tonnes collectées ?

....

3 **Coche la bonne réponse.**

a) 60 cm³ = ☐ 60 L ☐ 60 000 mm³ ☐ 0,6 dm³

b) 10 dm³ = ☐ 1 000 cm³ ☐ 0,001 m³ ☐ 10 L

c) 100 L = ☐ 10 dm³ ☐ 0,1 m³ ☐ 1 000 cm³

d) 3 500 000 mm³ = ☐ 0,35 m³ ☐ 35 L ☐ 3,5 dm³

4 **Prononce ces mots à haute voix et souligne la syllabe accentuée. Puis vérifie à l'écoute.**

1. a dessert – a record – summer.
2. celebration – invitation – admiration.

5 **Autour de quelle mer s'étendait l'Empire romain ?**

☐ la mer Égée ☐ la mer Caspienne ☐ la mer Méditerranée ☐ la mer Noire

6 **Coche la bonne réponse.**

1. Des animaux qui mangent d'autres animaux sont des ☐ herbivores ☐ carnivores.
2. Des êtres vivants en consomment d'autres. Il se forme des ☐ chaînes alimentaires ☐ réseaux alimentaires.
3. Toute chaîne alimentaire commence par ☐ un animal ☐ un végétal.
4. Par l'alimentation la matière organique passe d'un être vivant à un autre : c'est une ☐ chaîne alimentaire ☐ chaîne sans fin.

CORRIGÉS **p. 96**

WebQuest

Abeilles urbaines

Beaucoup d'opérations de préservation écologique sont menées dans les campagnes, mais de plus en plus de villes tentent elles aussi de lutter contre la disparition des abeilles en installant des ruches sur les toits de leurs bâtiments : opéras, gratte-ciels, écoles... Consulte le site **http://www.savoirs.essonne.fr/sections/histoires/la-ville-un-refuge-pour-les-abeilles**. Dans quel jardin parisien célèbre produit-on du miel ?

Réponse : Le jardin du Luxembourg.

FRANÇAIS (p. 6)

1. a). Un petit robot ouvre grand la porte.
b) C'est un verbe.
2. 1. Des programmes informatiques surpassent l'homme dans certaines de ses capacités. • **2.** Dans la plupart des programmes, cependant, la machine simule l'intelligence. • **3.** Elle semble agir comme si elle était intelligente. • **4.** Aujourd'hui arrivent sur le marché des robots humanoïdes.
3. arrivent.

FRANÇAIS (p. 7)

1.
- Je → vais chez mes grands-parents.
- Tu → gardes toujours ton calme.
- Pauline → doit faire un exposé sur les robots.
- Jules et moi → partons faire une balade à vélo.
- Ni lui ni toi → n'aimez observer les étoiles.
- Mes parents → rêvent d'aller au Pérou.

2. es arrivé • allais • commençait • revint • ai.
3. 1. trouve. • **2.** intéresse. • **3.** regarde. • **4.** amène.
4. 1. s'entraînaient. • **2.** incitait. • **3.** n'étaient. • **4.** rappelaient.

MATHS (p. 8)

1. a)

b) E (0,3) • F (1,5) • G (2,9) • H (4,1).
2. 8,605 < 8,62 • 76 > 75,999999 • 56,48 > 56,048 •
312 millièmes > 0,0312 • $\frac{32}{100} = 0{,}32$ •
$\frac{5}{10} = \frac{50}{100}$ donc $\frac{5}{10} < \frac{51}{100}$.
3. a) perche • brochet • anguille • carpe • silure.
b)

	Perche	Brochet	Carpe	Silure	Anguille
Poids moyen en g	300 g	3 000 g	5000 g	20 000 g	500 g

perche • anguille • brochet • carpe • silure.

MATHS (p. 9)

1.

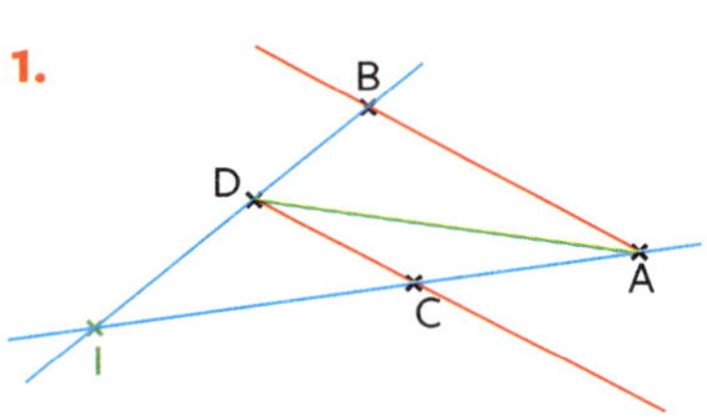

2.

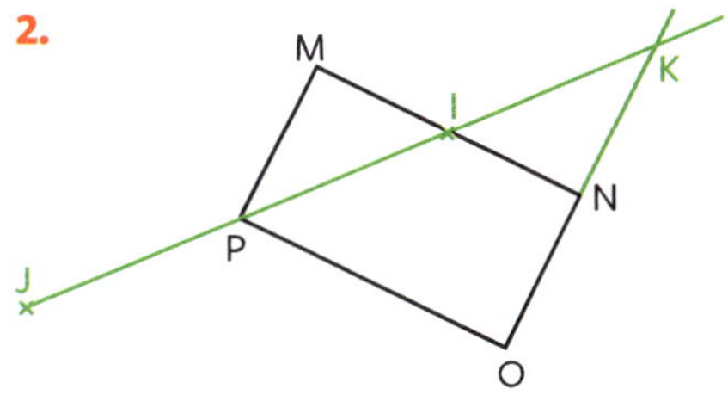

3.

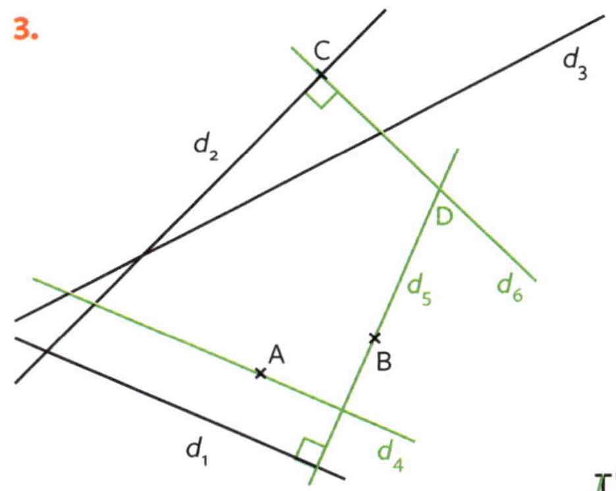

4.

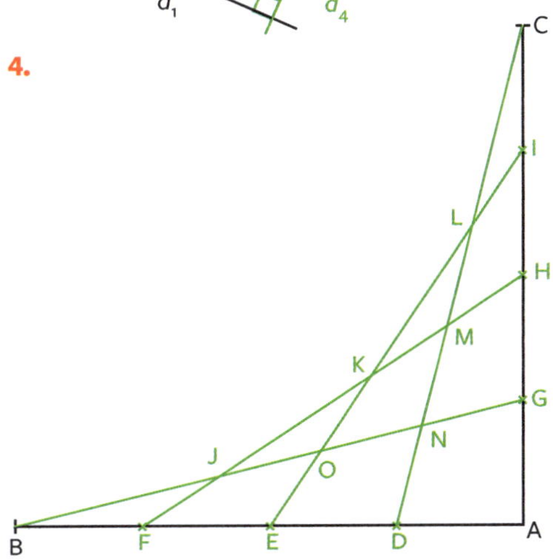

c) Plus de 15. Pour pouvoir compter les triangles, il faut marquer de nouveaux points comme sur la figure : BAG / FHA / EIA / DCA / JKO / JMN / JHG / JBF / ONL / OGI / OEB / KML / KHI / KJO / KEF / NGC / NBD / MHC /MJN / MFD / LIC / LMK / LNO / LED.

ANGLAIS (p. 10)

1. Godfrey = her brother • Loreen = her sister • Jane = her mother • Ian = her father • Sébastien = her penfriend.
2. twelve • father • mother • brother • name • is.
3. 1. is ; is ; isn't. • **2.** is ; is. • **3.** are. • **4.** is.

ANGLAIS (p. 11)

1. de gauche à droite : ① Debbie and Loreen's bedroom • Godfrey's room • ④ bathroom ; playroom • ③ Sebby's room • ② parents' bedroom.
2. are there • There are • Is there • there are • Is there • there isn't.
3. Next to • on • in front of • between.

HISTOIRE (p. 12)

1. La Préhistoire.
2. en Afrique • en Europe • à pied • en radeau.
3. V • F.

SCIENCES (p. 13)

1.

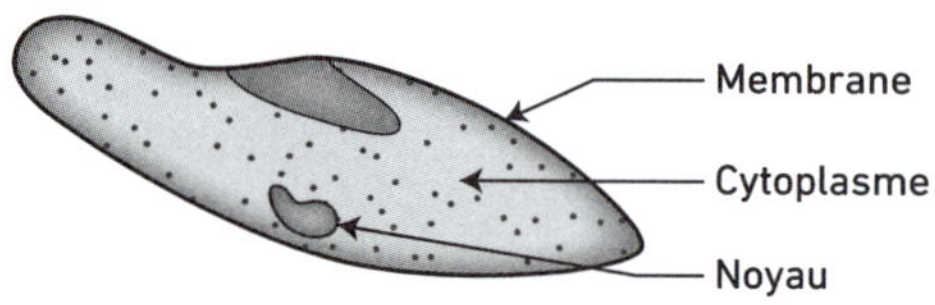

2. L'intrus est le caillou, qui ne comporte pas de cellule, à la différence de tous les autres, qui sont des êtres vivants, donc constitués de cellules.
3. a) L'observation ne peut se faire aisément à la maison : les cellules, de toute petite taille, ne sont visibles qu'au microscope.
b) Tous les choix sont bons, puisque les quatre élèves apportent de la matière vivante, donc composée de cellules. Ils pourront tous en observer (plus ou moins facilement, car il faut placer sous le microscope une toute petite partie d'organe, et non un être vivant entier. Ce ne sera pas facile avec l'escargot, mais parfaitement réalisable).

Check ! (p. 14)

1. a) Cinq verbes conjugués. • **b)** Quatre sujets ; un sujet inversé.
2. a) voudrait ; durent. • **b)** aimons. • **c)** manquent.
3. a) En rouge, c'est [AB]. • **b)** En vert, c'est (AC). • **c)** En bleu, c'est [BC].
4. My name • — • is Debbie.
I • — • am twelve.
How old • — • are you?
5. L'*homo sapiens*.
6. Il fallait cocher : le noyau, la membrane, le cytoplasme.

ÉPISODE 2

FRANÇAIS (p. 16)

1. Il fallait barrer : **1.** intéressant. **2.** salamandre. **3.** chevelure. **4.** démarrer.
2. 1. distribution. **2.** dépollution. **3.** puisage. **4.** traitement.
3. puisage • traitement • distribution • dépollution
4.

nom	adjectif	adverbe	verbe
grandeur	grand	grandement	agrandir
chaleur	chaud	chaudement	chauffer
lenteur	lent	lentement	ralentir
égalité	égal	également	égaliser
clarté	clair	clairement	éclairer
activité	actif	activement	activer

FRANÇAIS (p. 17)

1. la Camargue agricole et rizicole • la Camargue laguno-marine • la Camargue du sel.
2.

Zones	Animaux	Produits de la terre et de la mer
Au nord		riz, plantes fourragères, fruits, légumes, vigne
Au centre et au sud	taureaux, chevaux	
Au sud		sel

3. 1. delta. **2.** manades. **3.** rizicole. **4.** marais salants.
4. présent de l'indicatif • présent de vérité générale

MATHS (p. 18)

1.

	[1]	[1]	[2]	
		5	6	4
+	4	8	2	9
+	4	3	7	8
	9	7	7	1

	[2]	[1]	[2]	[2]	[1]	
			7	1	4,	9
+		7	2	8,	2	9
+		5	5	7,	8	1
	2	0	0	1,	0	0

	1	2	7	8,	[1]2	[1]4
−		3	5	[1]7,	[1]8	9
		9	2	0,	3	5

2. a) 105 + 26 + 45 + 74 = (105 + 45) + (26 + 74) = 150 + 100 = 250.
b) 200 + 51 000 + 9 000 + 1 800 = (200 + 1 800) + (51 000 + 9 000) = 2 000 + 60 000 = 62 000.
c) 5,25 + 8,3 + 0,75 + 1,7 + 8 = (5,25 + 0,75) + (8,3 + 1,7) + 8 = 6 + 10 + 8 = 24.
3. a) 2 800 + 200 + 1 000 soit 4 000 €.
b) 1. 2 780 ÷ 2 = 1 390 soit 1 390 €.
2. (2 780 + 187 + 995) – 1 390 = 3 962 – 1 390 = 2 572 soit 2 572 €.
3. 2 572 – 1 500 = 1 072 soit 1 072 €.

MATHS (p. 19)

1.

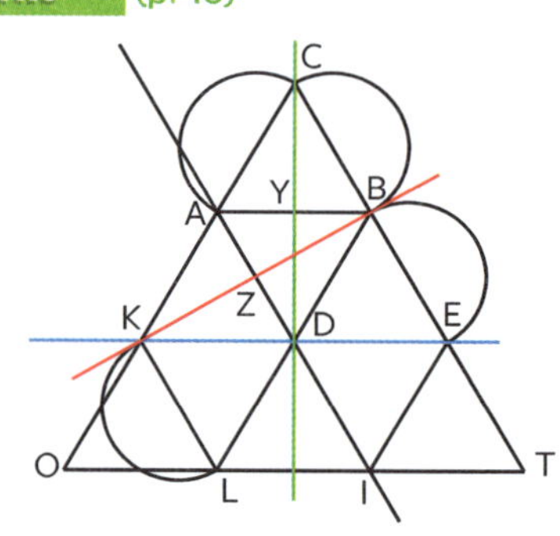

a) L'arc $\overset{\frown}{AC}$ a pour symétrique l'arc $\overset{\frown}{BC}$; [KL] a pour symétrique [EI] ; le triangle EIT est le symétrique du triangle KOL ; le triangle OAI a pour symétrique le triangle TBL ; le triangle ABD a pour symétrique le triangle ABD.
b) L'arc $\overset{\frown}{KL}$ est le symétrique de l'arc $\overset{\frown}{BE}$ dans la symétrie par rapport à la droite (AI).
c) Le symétrique du triangle LID est le triangle ABD.
d) [DE] a pour symétrique [AC] ; le losange ABDK a pour symétrique lui-même.

2.

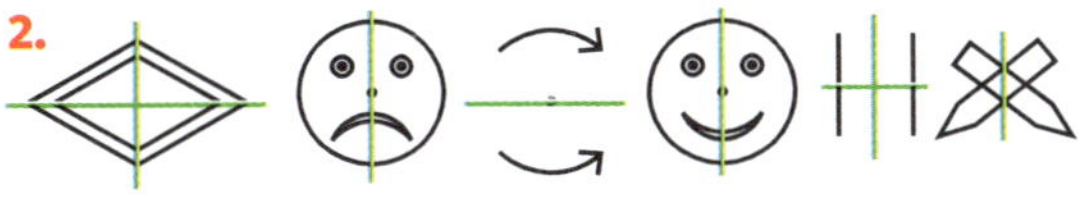

Les autres figures n'ont pas d'axe de symétrie.

3.

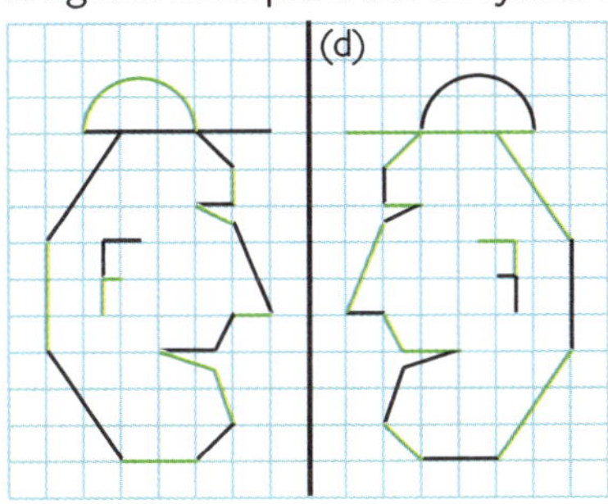

ANGLAIS (p. 20)

1. What's the date today? It's July 20th. • What time is it? It's 10. • What's your phone number? It's (01932) 256577. • How old is Sebby? He is 12. • When is your birthday? It's on June 21st.

2.

3. 1. 4:10. • **2.** 3:30. • **3.** Devon on 23/07 ; Mme Tussaud's on 31/07 ; Brighton on 02/08.

ANGLAIS (p. 21)

1. Le dessin 1 représente Sandra.
2. Sebby can swim. Sebby can skate. Sebby can't play tennis.
3. 1. has got. • **2.** Have... got. • **3.** have got. **4.** has got ; he hasn't (has not) got.

GÉOGRAPHIE (p. 22)

1. Statue de la Liberté, World Trade Center (tours, attentats du 11 septembre 2001), les États-Unis, les taxis jaunes, l'Empire State Building, les comédies musicales, Central Park, etc.
2. 1. en banlieue. • **2.** en banlieue.
3. Manhattan • CBD • banlieue • Bronx • ghetto.

SCIENCES (p. 23)

1.

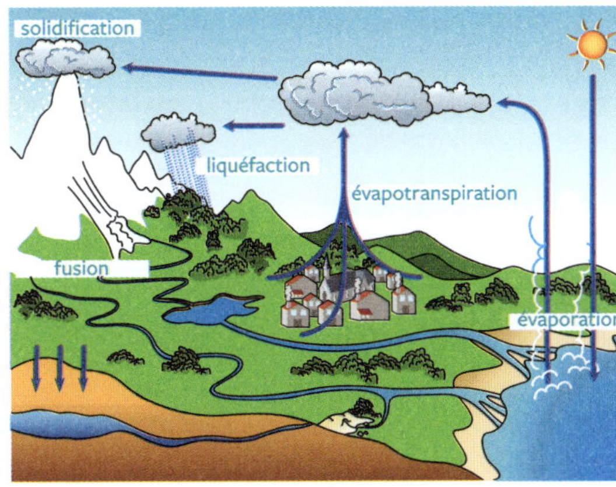

2. Il fallait cocher : l'eau et la terre forment un mélange hétérogène • l'eau et le sucre forment un mélange homogène • l'eau et le vinaigre sont miscibles.
3. décantation • hétérogène • filtration • homogène.

Check ! (p. 24)

1. a) herb. • **b)** Un préfixe. • **c)** Un suffixe. • **d)** déserter.

2.

	ordre de grandeur du résultat	résultat exact
2 724 + 325 + 17,69	3 000	3 066,69
249 – 53,8	200	195,2

3 a) D1. • **b)** 2.
4. a) It is half past nine. • **b)** It is the twenty-third of August.
5. Manhattan.
6.

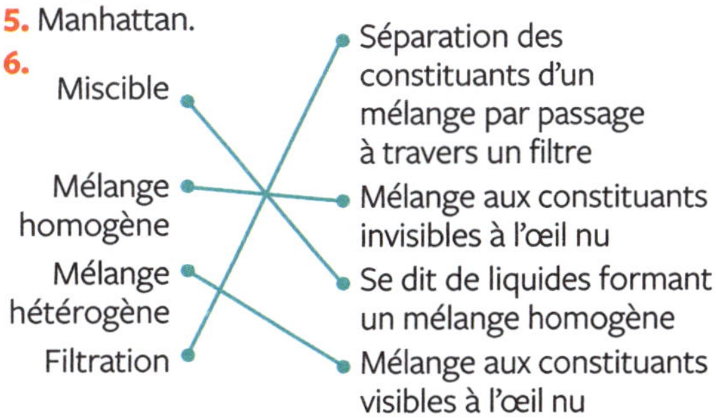

ÉPISODE 3

FRANÇAIS (p. 26)

1. a) antichambre, salle, sarcophage, lunettes, front, yeux, joie. • b) l', la, le, ses, son, ses.
2. une • du • la • du • ses • des • sa.
3.

ce tombeau	déterminant démonstratif
le pharaon	article défini
son sceptre	déterminant possessif
une main invisible	article indéfini
cette civilisation	déterminant démonstratif
leur enthousiasme	déterminant possessif

FRANÇAIS (p. 27)

1.

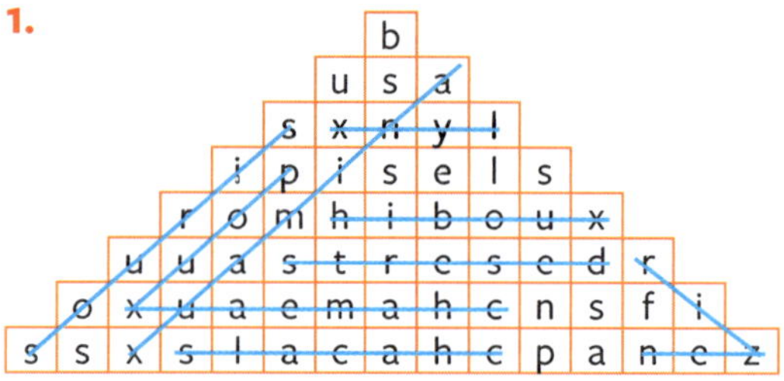

2. 2 noyaux d'abricot, 2 yeux de crocodile, 2 plumes de vautour, 2 cheveux de femme.
3. 1. trou. • 2. canal • 3. éventail. • 4. rats.

MATHS (p. 28)

1. Maël est « en-dessous de la moyenne de la classe » en musique et en EPS.
2. Bretagne : 31 % • Loire – Poitou-Charentes : 32 % • Nord-Normandie : 19 %.
3.

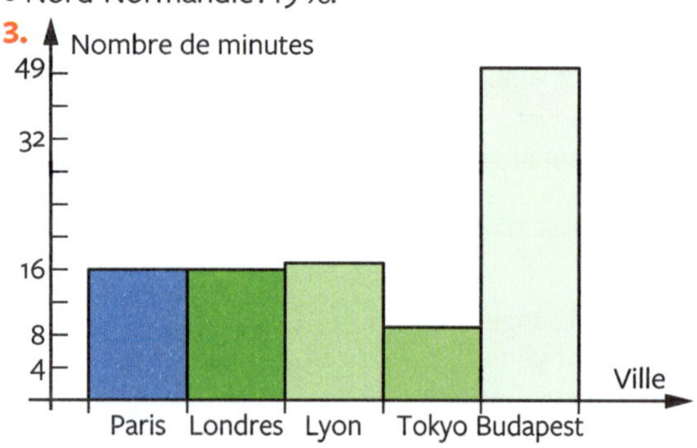

MATHS (p. 29)

1.

angle	rouge	vert	bleu	jaune	rose	noir
nom	$\widehat{QRS}$	$\widehat{RQS}$	$\widehat{RSU}$	$\widehat{UTR}$	$\widehat{QSU}$	$\widehat{RUT}$
nature	aigu	droit	plat	obtus	obtus	aigu

2. $\widehat{ABC} = 68°$ • $\widehat{BCD} = 130°$ • $\widehat{CDA} = 72°$ • $\widehat{DAB} = 90°$ • $\widehat{ABC} + \widehat{BCD} + \widehat{CDA} + \widehat{DAB} = 360°$.

3. a)

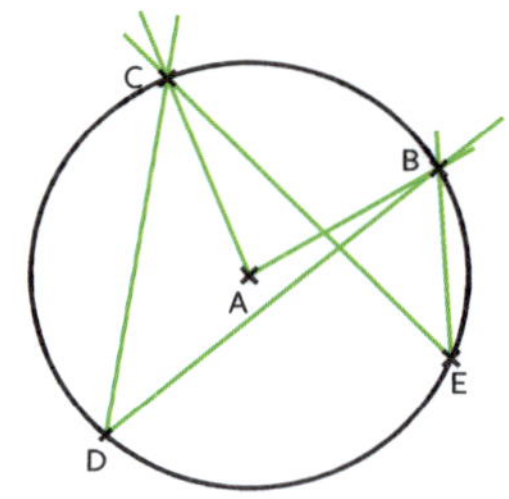

b) $\widehat{CAB} = 80°$ • $\widehat{CDB} = 40°$ • $\widehat{CEB} = 40°$.
c) On constate que $\widehat{CDB} = \widehat{CEB} = \widehat{CAB} \div 2$.

ANGLAIS (p. 30)

1. house: her grandparents' • garden: her grandparents' • parents: her father's • uncle: Debbie's • brother: her father's • Porsche: her uncle's.
2. 1. Whose racket is this? • 2. Are they Jane's parents? • 3. My parents' car is old.
3. 1. my. • 2. his. • 3. their ; their. • 4. your.

ANGLAIS (p. 31)

1. you can play in the big pool: permission • if you can swim: capacité • you must be careful: obligation • you mustn't play: interdiction
2. 1. can ; can ; mustn't. • 2. must ; must.
3. 1. You can't let your dog in. 2. You must use the litter baskets. 3. You mustn't dive.

HISTOIRE (p. 32)

1.

Le fléau	Chef de la justice, il porte une sorte de fouet qui symbolise son pouvoir de punir.
Le bâton de berger	C'est le guide du peuple de la vallée du Nil et le garant des récoltes.
La barbe postiche des dieux	C'est un dieu vivant, fils du dieu Soleil Rê.
Les couronnes de Haute et Basse-Égypte	Pharaon est le seul maître et propriétaire de l'ensemble du pays.
Le cobra et le vautour protecteurs	Il est protégé par des animaux « magiques ».

2. 1. scribes. • 2. hiéroglyphes. • 3. papyrus.

SCIENCES (p. 33)

1. Ingrédients : farine, levure, eau, sel.
2. La farine apporte les substances nutritives. • Le sel améliore le goût. • La levure fait lever la pâte.

3. **1.** Au jardin, les légumes ont été en contact avec de nombreux micro-organismes qui peuvent être nuisibles. Les laver ne suffit pas. L'exposition à la chaleur pendant une durée assez longue détruit ces micro-organismes. • **2.** C'est la pasteurisation. • **3.** De nos jours on utilise souvent la congélation. La très basse température (– 18 °C) empêche le développement des micro-organismes.

Check ! (p. 34)

1. a) Ce texte compte six déterminants (mes, l', ses, mon, la, ce). • **b)** Ce texte compte sept noms.
2. **1.** -s • **2.** -x • **3.** -s • **4.** -x • **5.** -x
3. **1.** $\widehat{ABD}$: angle obtus. • **2.** $\widehat{BED}$: angle obtus. • **3.** $\widehat{AED}$: angle plat. • **4.** $\widehat{BCE}$: angle droit. • **5.** $\widehat{CDA}$: angle aigu. • **6.** $\widehat{ABE}$: angle aigu.
4. During the summer holidays, Debbie can go to the swimming-pool, that's allowed. But she must be careful and she mustn't be back too late: prudence and punctuality are very important in her family.
5. Les hiéroglyphes.
6.
- pasteurisation – moyen de conservation des aliments
- micro-organismes – être vivant microscopique
- micro-organismes – certains sont utiles, d'autres nuisibles à l'Homme
- levures – champignons microscopiques

ÉPISODE 4

FRANÇAIS (p. 36)

1. Il fallait souligner : dans une hutte en roseau, qu'il avait construite à l'écart d'un petit village planté au bord de la Méditerranée.
2. 1 : Le pêcheur pêche une caisse. • 2 : Il découvre un singe dans la caisse. • 3 : Le singe se met à parler. • 4 : Le pêcheur décide de vendre le singe.
3. le singe et le pêcheur • les amis du pêcheur, le gardien, le roi, la princesse.

FRANÇAIS (p. 37)

1. **1.** le pêcheur. • **2.** la caisse. • **3.** le singe.
2. **1.** il. • **2.** il ; elle ; l'. • **3.** le.
3. des boules de cire • ses compagnons • Ulysse • les compagnons • les sirènes • les sirènes.
4. sujet • COD • COI • sujet • COD.

MATHS (p. 38)

1.

```
     4 0 9        7, 2 6        7, 9
   ×   3 5      × 4, 8        × 7, 9
   2 0 4 5      5 8 0 8       5 1 1
 1 2 2 7      2 9 0 4       5 7 3
 1 4 3 1 5    3 4, 8 4 8    6 2, 4 1
```

2. Calcul de la durée en minutes de 20 années de 365 jours de 24 h de 60 minutes : 20 × 365 × 24 × 60 = 10 512 000.
3. a) Utilise le M de PRENOM : on a les points du mot + 50 points pour un « SCRABBLE » car on a posé les 7 lettres. U-N (double) -I-F-O-R (double) -M-E (double) : 1 + (2 × 1) + 1 + 4 + 1 + (2 × 1) + 2 + (2 × 1) = 15 ; 15 + 50 = 65.
b) On a les points de « ZOOS » et « UNIFORMES » (au pluriel sans recompter les doubles) : Z(triple)-O-O-S : 10 × 3 + 1 + 1 + 1 = 33 ; U-N-I-F-O-R-M-E-S : 1 + 1 + 1 + 4 + 1 + 1 + 2 + 1 + 1 = 13 ; 33 + 13 = 46.
c) On a les points de : « JEU » (mot compte triple), et des 2 mots qui se forment en même temps : « EU » et « UN » : J-E-U : 8 + 1 + 1 = 10 et « mot compte triple » : 3 × 10 = 30 ; E-U : 1 + 1 = 2 et U-N : 1 + 1 = 2 ; 30 + 2 + 2 = 34.

MATHS (p. 39)

1.

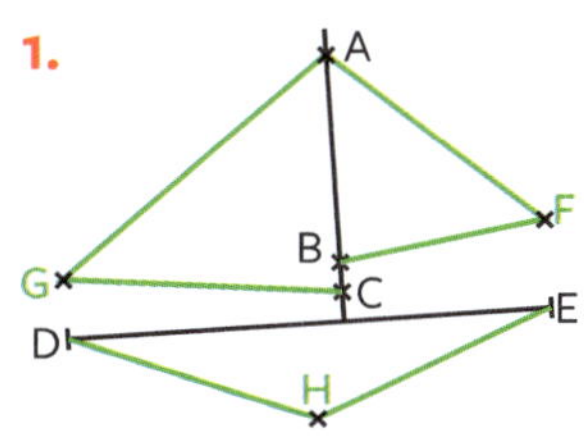

2.

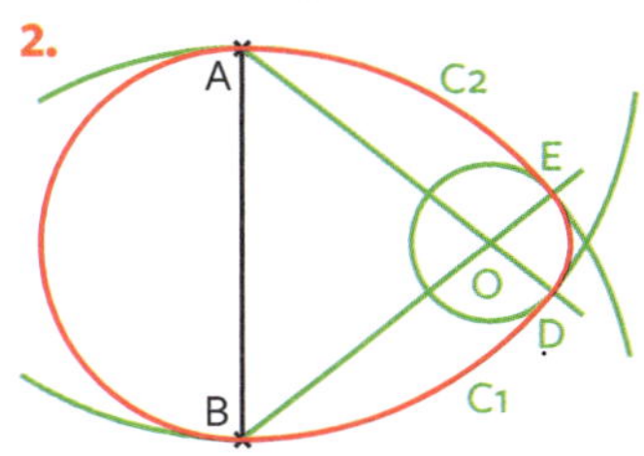

ANGLAIS (p. 40)

1. **1.** faster ; smaller. • **2.** more beautiful ; more colourful. • **3.** funnier ; more amusing.
2.

	big	funny	scary	dangerous	impressive	
gorillas	+	–	+	+	+	chimpanzees

3. Il fallait rayer : **1.** as. • **2.** more. • **3.** than. • **4.** more.

ANGLAIS (p. 41)

1. Les aliments au menu sont le roast-beef, le poisson, les lasagnes, les frites et la salade.
2. 1. likes ; doesn't like. • **2.** don't like ; like.
3. La nourriture préférée de Godfrey : les hamburgers ; celle de Debbie : le chocolat ; celle d'Alexis : les bonbons ; celle de Sébastien : les glaces.

GÉOGRAPHIE (p. 42)

1. En bleu : plage • immeubles en front de mer • port de plaisance.
En rouge : port de commerce • entrepôts et usine proches du port.
2. a) = 4 • **b)** = 5 • **c)** = 6 • **d)** = 3 • **e)** = 1 • **f)** = 2

TECHNO (p. 43)

1. Le vélo est un objet technique.
2. Grâce à l'énergie musculaire.
3. Guidage : diriger le vélo • Déplacement : propulser le vélo • Freinage : arrêt du vélo
4. Guidon > fourche > roue avant.
5. Pédalier • chaîne • dérailleur • roue arrière.
6. Vrai • Faux • Faux.
7. Leur fonction est de voir les obstacles et d'être vu par les autres usagers de la route.

Check ! (p. 44)

1. a) Tu as perdu tes clefs = sujet. • **b)** Est-ce que quelqu'un les a vues ? = COD. • **c)** Tes parents te grondent = COD. • **d)** Pense à eux ! = COI.
2. Un cycle dure $29 \times 24 \times 60 + 12 \times 60 + 44 = 42\,524$ min.
3.

Triangle	Longueurs des côtés (en cm)		
ABF	4 – 4 – 5	4 – 4 – 3	3 – 3 – 5
FEG	4 – 4 – 5	4 – 4 – 3	3 – 3 – 5
BED	4 – 4 – 5	4 – 4 – 3	3 – 3 – 5

4 a) more beautiful (than). • **b)** as beautiful (as).
5. Il fallait cocher des terre-pleins et des îles artificielles.
6. Il fallait cocher : le guidon, la fourche, la roue avant et la chaîne.

ÉPISODE 5

FRANÇAIS (p. 46)

1. cherchais (infinitif : chercher) et trouvaient (infinitif : trouver).
2.

1er groupe	2e groupe	3e groupe
profiter, flâner, voyager	choisir, réfléchir	savoir, prendre, rejoindre

3. 1. ralentir (seul verbe du 2e groupe ; les autres appartiennent au 3e groupe). • **2.** fuir (seul verbe du 3e groupe ; les autres appartiennent au 2e groupe). • **3.** atterrir (seul verbe du 2e groupe ; les autres appartiennent au 3e groupe).
4.

	I	II	III	IV	V	VI	VII	VIII
1		S		F	A	I	R	E
2	F	U	I	R			A	
3		E		E			L	
4	B	R	A	I	L	L	E	R
5	O			N			N	
6	I	R		E			T	
7	R	E	T	R	E	C	I	R
8	E				R		R	

FRANÇAIS (p. 47)

1. La voiture roul/e. • Vous part/ez en vacances. • Le soleil brill/e. • L'herbe jaun/it. • Nous chant/ons à tue-tête. • Le paysage défil/e. • J'arriv/e enfin.
2. 1. voit : il s'arrête ; il continue. **2.** séparent : je dois ; je peux. **3.** souhaites : tu peux ; tu n'entreprends ; permet.
3. tu veux • je vaux • il veut • elle résout • je peux • elle répond • tu vends • je peins.
4. 1. j'essuie et nous essuyons. **2.** je jette et nous jetons. **3.** je sais et nous savons. **4.** je résous et nous résolvons.

MATHS (p. 48)

1. a) le quotient euclidien de 512 par 7 est 73 :

```
5 1 2 | 7
      |-----
  2 2 | 7 3
      |
    1 |
```

$512 = (73 \times 7) + 1.$
b) le quotient euclidien de 9 921 par 19 est 522 :

```
9 9 2 1 | 1 9
        |-------
  4 2   | 5 2 2
    4 1 |
      3 |
```

$9\,921 = (522 \times 19) + 3$

c) le quotient exact de 233,7 par 15 est 15,58 :

2 3 3, 7	1 5
8 3	1 5, 5 8
8 7	
1 2 0	
0 0	

d) le quotient approché par défaut à 0,01 près de 3 679,8 par 28 est 131,42 :

3 6 7 9, 8	2 8
8 7	1 3 1, 4 2
3 9	
1 1 8	
0 6 0	
4	

2. On peut faire 13 équipes. • Il y aura 6 remplaçants. • Il manque 5 joueurs (11 – 6) pour faire une équipe de plus.

1 4 9	1 1
3 9	1 3, 5 4
6 0	
5 0	

3. 0,214 • 41,38 • 13,4.

4. a)

1 4, 9	9
5 9	1, 6 5 5
5 0	
5 0	

Le prix d'une rose, arrondi au centime près, est de 1,66 €.

b)

1 1, 7 0	0, 4 5
2 7 0	2 6
0 0	

Il y a 26 fleurs dans son bouquet.

MATHS (p. 49)

1. a) Les rectangles dessinés se nomment : LBNI / LCNJ / MDFI / CFHM / AEGK / PNRM / MONQ.
b) Les losanges dessinés se nomment : LCFI / MCNI / MSNT / LUNX / MVFW / UCVS / XTWI.

2. a) Construis le triangle TOI rectangle en I avec règle graduée et équerre.
b) Trace la perpendiculaire en O à [OI] et la perpendiculaire en T à [IT]. Elles se coupent en N.

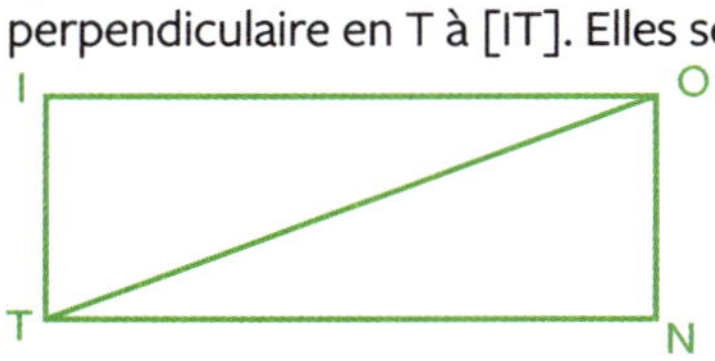

3. a) b) Trace le segment [TI] puis la droite perpendiculaire en I à ce segment. Trace ensuite un arc de cercle de centre T et de rayon 40 mm. Il coupe la droite précédente en O. Termine la construction comme à l'exercice précédent.

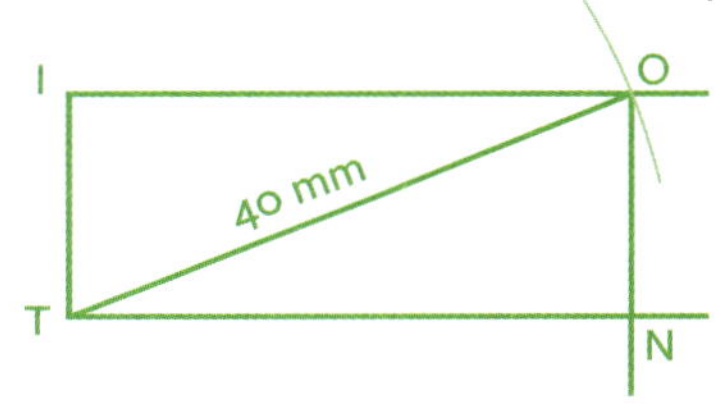

4.

ANGLAIS (p. 50)

1. goes to the seaside • sees sheep • goes to different places.

2. 1. doesn't (does not) go ; visits. • 2. don't (do not) often see.

3. 1. usually go. • 2. often play. • 3. always write ; never writes ; like.

ANGLAIS (p. 51)

1. 1. Bruns's. • 2. Debbie ; Bruns. • 3. Bruns ; Beyoncé. • 4. Bruns.

2. 1. Godfrey is sitting. • 2. Loreen is sleeping. • 3. Jane and Ian are watching television.

3. 1. Bruns loves singing. = présent simple • 2. Bruns is singing. = présent BE + V-ing • 3. They aren't dancing. = présent BE + V-ing • 4. They don't like dancing. = présent simple.

EMC (p. 52)

1. rond rouge = interdiction et obligation. • rond bleu = indication. • triangle rouge = danger. • carré bleu = indication.

3. Il fallait souligner les phrases avec les mots : protéger • sécurité • respecter.

SCIENCES (p. 53)

1.

Source d'énergie	Utilisation au quotidien
Le vent	Naviguer à voile
Les muscles	Courir
Les aliments	Réfléchir, bouger...
Le bois	Se chauffer

2. a) Une source qui se reconstitue rapidement (à l'échelle d'une vie humaine). • b) **Uranium**, vent, eau, **pétrole**, bois, Soleil, **charbon**.

3. Énergie mécanique • énergie musculaire • énergie électrique • énergie électrique.

Check ! (p. 54)

1. a) joindre = 3e groupe. • b) applaudir = 2e groupe. • c) aller = 3e groupe. • d) savoir = 3e groupe.

2. Il fallait souligner : a) je jette. • b) tu essuies. • c) il joint. • d) nous tenons.

3.

	Prix au kg (en €)	Poids (en kg)	Prix (en €)
poisson	10,30	1,7	17,51
fenouil	1,95	2	3,90
citrons	2,3	0,4	0,92
		TOTAL	22,33 €

4. 1. Debbie usually spends her holidays in Ireland. • 2. She doesn't often stay in England. • 3. Does she sometimes go to France?

5. Brevet de sécurité routière.

6. a) nucléaire et non renouvelable.
b) Une centrale hydraulique transforme de l'énergie hydraulique en énergie électrique.

ÉPISODE 6

FRANÇAIS (p. 56)

1. Avec l'auxiliaire avoir : ai déniché ; ai ramassé.
Avec l'auxiliaire être : il est tombé.

2. 1. volé. • 2. cru. • 3. ouvert. • 4. fini.

3. 1. est née. • 2. s'est développée ; sont entrés. • 3. est devenue.

FRANÇAIS (p. 57)

1. 1. Soutenu. • 2. Familier. 3. Courant.

2.

Registre soutenu	Registre courant	Registre familier
soulier	chaussure	godasse / pompe
épouse	femme	nana
réprimander	gronder	engueuler
se nourrir	manger	bouffer

3. 1. Que dit-il ? Je n'entends rien ! • 2. Cela ne se passera pas ainsi, jeune homme ! • 3. Occupe-toi de ce qui te regarde ; ce que tu penses m'est indifférent.

MATHS (p. 58)

1.

Rouge	Orange	Jaune	Bleu	Vert	Blanc	Gris
$\frac{5}{20}=\frac{1}{4}$	$\frac{2}{20}=\frac{1}{10}$	$\frac{3}{20}$	$\frac{3}{20}$	$\frac{1}{20}$	$\frac{5}{20}=\frac{1}{4}$	$\frac{1}{20}$

2. $\frac{1\,200}{510}=\frac{40}{17}$ • $\frac{3}{14}=\frac{15}{70}$

3. $\frac{75}{100}=\frac{15}{20}=\frac{3}{4}$ • $\frac{63}{45}=\frac{7}{5}$

4. $\frac{250}{1\,000}=\frac{1}{4}$ et 1 kg = 1 000 g donc « 250 grammes, c'est le quart d'un kilogramme ».

5.

	60	45	64	108
Divisible par 2	Oui	Non	Oui	Oui
Divisible par 5	Oui	Oui	Non	Non
Divisible par 3	Oui	Oui	Non	Oui
Divisible par 9	Non	Oui	Non	Oui

$\frac{45}{108}=\frac{5}{12}$ (simplification par 9)
$\frac{55}{45}=\frac{11}{9}$ (simplification par 5)
$\frac{64}{60}=\frac{32}{30}=\frac{16}{15}$ (simplification par 2, deux fois)

MATHS (p. 59)

1. 25 • 6,25 car 25 ÷ 4 = 6,25 • 5 car 25 ÷ 5 = 5.

2. 1. 3,2 × 1,9 = 6,08 soit 6,08 cm².
2. 1,5 × 1,5 = 2,25 soit 2,25 cm².
3. (1,8 × 2,7) ÷ 2 = 2,43 soit 2,43 cm².
4. Aire d'un triangle : (1,1 × 1,6) ÷ 2 = 0,88
Aire de la figure : (1,1 x 1,1) + (4 x 0,88) = 4,73 soit 4,73 cm².

3.

longueur du côté [AB]	50 mm	2 500 mm	15 cm	10,5 m	4 cm
longueur du côté [BC]	12 mm	40 cm = 400 mm	20 cm	2 m	8 cm
aire en mm²	600	1 000 000	30 000	21 000 000	3 200
aire en cm²	6	10 000	300	210 000	32
aire en m²	0,0006	1	0,03	21	0,0032

ANGLAIS (p. 60)

1. 1. Queen of England; Empress of India. • 2. 1837. • 3. 1876. • 4. 1901.
2. was • married • had • didn't have • divorced • died • played • cried.
3. 1. liked • 2. took • 3. ran • 4. became • 5. Visited • 6. went. = Loreen

ANGLAIS (p. 61)

1. go to Brighton • visit a palace • walk • play
2. – What are you going to do next week?
– I am going to go to Dublin with my family.
– Is your brother Godfrey going to come with you?
– Yes, he is.
– Are you going to visit Phœnix Park?
– Yes, we are. But I hope it isn't going to rain!
3. 1. is going to pack. • 2. are going to say goodbye. • 3. is going to cry.

HISTOIRE (p. 62)

1. 1. en plein air sur la colline de la Pnyx. • 2. les hommes. • 3. attendre son tour puis monter sur l'estrade. • 4. à main levée.
2. 1. Métèques. • 2. Ecclésia. • 3. Femmes. • 4. Stratèges. • 5. Périclès. • 6. Esclaves. • 7. Hommes. • 8. Enfants.
3. Le pouvoir appartient à tous les citoyens qui peuvent voter et être élus.

SCIENCES (p. 63)

1. 3 • 2 • 1 • 5 • 4

Check! (p. 64)

1. a) Vous êtes allés voir un film d'aventures. • b) Tu as mangé de tout. • c) Elles sont venues te rendre visite. • d) La pièce que nous avons vue était inédite. • e) Elle a eu tellement honte qu'elle a rougi. • f) Elle est arrivée avant la nuit.

2. $\frac{15}{35} = \frac{3}{7}$ $\frac{63}{36} = \frac{7}{4}$ $\frac{400}{2\,200} = \frac{2}{11}$ $\frac{48}{72} = \frac{2}{3}$

3.

	aire		
figure 1	16	15	7,5
figure 2	32	54	28

4.
Were you at the museum yesterday? — Yes, I was.
What did you do yesterday? — I went to the museum.
Did you go to the museum? — Yes, I did.

5. La démocratie.

6.
larve — jeune différent de l'adulte
fécondation — union d'un gamète mâle et d'un gamète femelle
cellule-œuf — résultat de la fécondation
gamète — cellule reproductrice, mâle ou femelle

ÉPISODE 7

FRANÇAIS (p. 66)

1. L'image 1 correspond au paysage décrit.
2. a) Ce lieu est perçu par la vue. • b) « voyait », « disparaissait », « regard », « apercevait ».
3. a)

	Domaine impérial	Reste de la planète
Couleurs	arc-en-ciel de fleurs multicolores	gris, métallique
Éléments	sol naturel, frondaisons, fleurs, verdure	constructions, métal, carapace métallique, acier

b) « Une petite île de verdure perdue dans un océan d'acier » résume l'atmosphère du lieu.

FRANÇAIS (p. 67)

1. 1. la [carapace] <u>métallique</u>. • 2. l'<u>immense</u> [planète]. • 3. les [fleurs] <u>multicolores</u>. • 4. les [constructions] <u>compliquées</u>. • 5. une <u>petite</u> [île]. • 6. un <u>magnifique</u> [palais].
Les mots soulignés sont des adjectifs qualificatifs.
2. nul • lentes • pleines • vulnérable • solides • jeunes • sec • râleuse • immense • long • laid • docile • lourd.

i	m	m	e	n	s	e	l	r	x
s	n	u	l	u	x	u	a	o	d
e	r	e	a	e	m	v	i	t	o
c	a	t	t	i	i	o	d	d	c
b	l	e	n	t	e	s	l	e	
l	e	e	r	d	r	u	o	l	
v	u	l	n	e	r	a	b	l	e
x	s	o	l	i	d	e	s	o	d
s	e	n	i	e	l	p	a	a	p
e	e	g	a	j	e	u	n	e	s

3. 1. mondiale. • 2. humains. • 3. scientifique.
4. 1. É. • 2. A. • 3. É. • 4. A.

MATHS (p. 68)

1. a) Dans la 1re colonne, la taille est de 12 et la hauteur de 0,31. Pour obtenir les valeurs de la 2e colonne, il faut multiplier celles de la 1re colonne par 2 : 24 = 2 × 12 pour la taille et 0,62 = 2 × 0,31 pour la hauteur. Il faut multiplier les valeurs de la 1re colonne par 3 pour obtenir celles de la 3e colonne : 36 = 3 × 12 pour la taille et 0,91 = 3 × 0,31 pour la hauteur. Le même type de calcul s'applique à toutes les colonnes. Pour passer d'une colonne à l'autre, on multiplie par un même nombre, donc la hauteur des lettres est proportionnelle à la taille de la police.
b) Dans la 1re colonne, la taille est de 12 et la largeur de 0,23. Dans la 2e colonne, la taille a doublé (24 = 2 × 12), mais ce n'est pas le cas pour la largeur (sinon elle devrait être égale à 0,46). La largeur des lettres n'est donc pas proportionnelle à la taille de la police.
2. a) Quand les prix sont affichés sous la forme « 75 € la semaine », cela sous-entend qu'on multiplie le nombre de semaines où les enfants vont au centre par 75 € pour trouver le prix total. Donc le prix est proportionnel à la durée, et le coefficient de proportionnalité est égal à 75.
b) Dans la mesure où le deuxième enfant paie moins cher que le premier, le prix pour deux enfants n'est pas le double du prix pour un enfant. Les prix ne sont donc pas proportionnels au nombre d'enfants.
3.

Distance parcourue sur autoroute (en km)	100	300	450	780	1 100
Consommation (en litres)	5,2	15,6	23,4	40,56	57,2

$\times \frac{5,2}{100}$ soit × 0,052

MATHS (p. 69)

1.

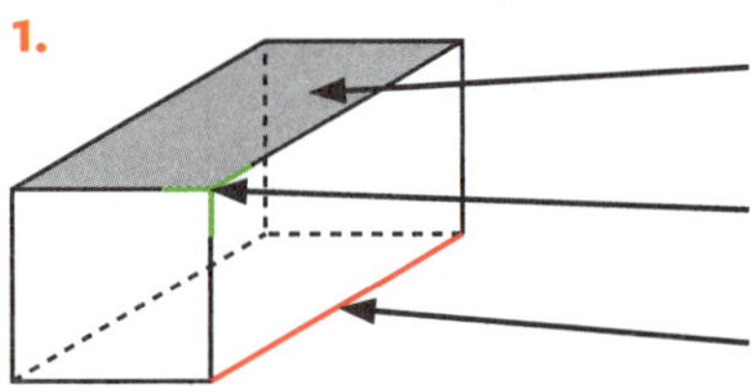

2.

	Fig 1	Fig 2	Fig 3	Fig 4	Fig 5	Fig 6
Nombre de sommets	0	1	8	6	5	8
Nombre de faces	3	2	6	5	5	6
Nombre d'arêtes	2	1	12	9	8	12

3. a) l = 1,1 cm ; L = 1,7 cm ; h = 0,8 cm.
b) Dimensions triplées : l = 3,3 cm ; L = 5,1 cm ; h = 2,4 cm.

ANGLAIS (p. 70-71)

1. 1. then • **2.** sick • **3.** sorrow • **4.** think.
2. /θ/ : birthday, thirty, tooth, think. • /ð/ : that, there, mother, brother.
3. 1. river. • **2.** really ; read.
4. 1. it. • **2.** hate. • **3.** hair. • **4.** hi! • **5.** old. • **6.** and.
5. le *h* ne se prononce pas dans HOUR et HONESTY.
6. 1. give : /ɪ/ • **2.** first : /ɜː/ • **3.** life : /aɪ/ • **4.** child: /aɪ/ • **5.** city : /ɪ/ • **6.** live : /ɪ/
7. 1. bear. • **2.** hear. • **3.** break. • **4.** weak. • **5.** read. • **6.** ready.
8. 1. Look! There's a <u>sheep</u> in front of the house! • **2.** We are having <u>beans</u> today. • **3.** There's a new <u>pitch</u> next to our school. • **4.** How are you feeling now?
9. 1. be. • **2.** port. • **3.** feet. • **4.** jeans. • **5.** seat. • **6.** soon. • **7.** green. • **8.** blue.

GÉOGRAPHIE (p. 72)

1. L'Antarctique.
2. a) Afrique • **b)** USA • **c)** Russie
3. 1. F. • **2.** V. • **3.** V. • **4.** F.

TECHNO (p. 73)

1. muscle • vent et muscle • bois • charbon • pétrole.
2. catamaran • panneaux photovoltaïques • batteries • moteurs électriques • propulsion • autonomie.
3. énergie fossile • énergie renouvelable • énergie fossile • énergie renouvelable • énergie renouvelable • énergie fossile.

Check ! (p. 74)

1. a) *Humus* n'appartient pas au champ lexical de l'odorat.
b) Les verbes sont conjugués à l'imparfait.
2. 1. La planète Terre paraît bleue.
= attribut du sujet.
2. Une surpopulation et un manque d'eau importants sont à craindre. = épithète des noms *surpopulation* et *manque*.
3.

poids des fruits (kg)	2	6	12
confiture (nombre de pots)	7	21	42

4. 1b • 2c • 3a • 4e • 5d • 6f.
5. Environ 7 milliards.
6. voile • — • énergie éolienne
rame • — • énergie musculaire
cheminée • — • charbon (énergie fossile)

ÉPISODE 8

FRANÇAIS (p. 76)

1. Phrase impérative : 5. • Phrase interrogative : 2. • Phrases exclamatives : 1, 3, 4.
2. 1. Quels beaux fruits ! • **2.** Quelle chance ! • **3.** Quel temps exécrable !
3. 1. Viens. • **2.** faites. • **3.** Allons. • **4.** Parlez.

FRANÇAIS (p. 77)

1. 1. James mange un morceau de la pêche.
2. James mange un morceau de la pêche ?
3. James mange un morceau de la pêche !
4. James, mange un morceau de la pêche !
2. a) « Nous déjeunons chez ta grand-mère demain./ N'oublie pas de mettre un pantalon propre et d'emporter un livre pour le temps du trajet. /Il faudra être à l'heure : ta mamie n'aime pas déjeuner trop tard./ – Oui Maman, répondit Léo, j'ai compris ! »
b) La majuscule au début de chaque phrase.
3.

« Marie, déclare Paul, a triché. » → Marie a triché.
Marie déclare : « Paul a triché. » → Paul a triché.
Il n'a pas triché comme on l'a dit. → Il a triché d'une autre façon.
Il n'a pas triché, comme on l'a dit. → Il n'a pas triché.

4 1. Ils peuvent manger de la pêche : celle-ci est suffisamment grosse. • **2.** James a dit : « Mangez-en tant que vous voudrez ! » • **3.** Les oranges, les clémentines et les citrons sont des agrumes. • **4.** La vitamine C, que l'on trouve dans la majorité des fruits et légumes frais, renforce notre système immunitaire.

MATHS (p. 78)

1. a) Il y a : $\frac{13}{25} \times 150 = (150 \div 25) \times 13 = 6 \times 13 = 78$, soit 78 ruches de 10 cadres.
b) Il y a : $\frac{7}{30} \times 150 = (150 \div 30) \times 7 = 5 \times 7 = 35$, soit 35 ruches de 12 cadres.
c) Il y a : $150 - (78 + 35) = 150 - 113 = 37$, soit 37 ruches avec une hausse, ce qui représente $\frac{37}{150}$ du total.
2.

Zone coloriée	f	e	d	b	a	c
Pourcentage	25 %	50 %	Environ 33 %	80 %	30 %	20 %

3. a) $\frac{66}{100} \times 2\,200 = 0{,}66 \times 2\,200 = 1\,452$ places.
b) $\frac{100}{100} - \left(\frac{66}{100} + \frac{25}{100}\right) = \frac{100}{100} - \frac{91}{100} = \frac{9}{100}$, soit 9 %.

MATHS (p. 79)

1. 1. $3 \times 3 \times 3 = 27$ unités de volume. • **2.** $3 \times 5 \times 2 = 30$ unités de volume. • **3.** $4 + 3 + 2 + 1 = 10$ unités de volume. • **4.** $1 + 1 \times 2 + 2 \times 3 + 3 \times 2 + 3 + 2 + 1 \times 2 = 22$ unités de volume.
2. $16 \times 0{,}5 \times 60 \times 24 = 11\,520$ soit 11 520 litres.
• $11\,520 \div 1\,000 = 11{,}52$, soit 11,52 m^3.
3. 5 bouteilles de 1,5 L contiennent $5 \times 1{,}5 = 7{,}5$ soit 7,5 L ou 750 cL de boisson gazeuse.
Si chaque élève souhaite boire 3×12 cL, il faut : $21 \times 36 = 756$ soit 756 cL. Or $756 > 750$, donc les élèves de la classe de 6e B n'auront pas assez de boisson gazeuse.
4. a) 1 232 cL. • **b)** 12,32 dm^3. • **c)** 1,232 daL. • **d)** 12 320 cm^3. • **e)** 0,1232 hL. • **f)** 12 320 000 mm^3.

ANGLAIS (p. 80)

1. 1. a dessert. • **2.** to record.
2. 1. England and Wales are part of the United Kingdom. • **2.** Sebby's brother is in the South of France at the moment. • **3.** Loreen is in the garden with her parents.

ANGLAIS (p. 81)

Script du document audio.
DEBBIE : My other best friend is a girl and her name's Abbey.
SÉBASTIEN : Abbey? Like Westminster Abbey? Well, it isn't a girl, Debbie, it's a religious building!!
DEBBIE (*laughing*) : Don't be silly! Abbey's a girl and I like her very much! She isn't English either. She's Welsh, from Cardiff, but now lives in London, just around the corner.
SÉBASTIEN : Does she prefer England to Wales?
DEBBIE : I have no idea... What I know is that she arrived here 4 years ago because of her father's job. Her father works in a bank in the city.
SÉBASTIEN : And what is she like?
DEBBIE : She's really nice and funny. And she's very sporty too: we often play tennis together at the weekend and she also plays rugby in a club.
SÉBASTIEN : Rugby? This isn't a sport for a girl!
DEBBIE : Come on, Sebby! You are so old-fashioned and prejudiced!! You can't be my best friend anymore!
1. Une conversation entre Debbie et Sébastien ; des renseignements sur l'un(e) des meilleur(e)s ami(e)s de Debbie.

2. b) Les mots importants que tu as pu relever : girl, Abbey, Welsh, Cardiff, London, four years ago, father's job, bank, nice, funny, sporty, tennis, rugby, Sebby, old-fashioned, prejudiced.

3.

Topic/ Subject of the dialogue	Debbie's other best friend
Name	Abbey
Origin	Country : Wales City : Cardiff
Where she lives now	London
Father's job	Works in a bank (in the city)
Personality	nice • funny
Sports she practises	tennis, rugby

HISTOIRE (p. 82)

2.

- temple → honorer un dieu ou une déesse
- aqueduc → amener l'eau jusqu'aux villes
- arc de triomphe → rendre hommage à un général vainqueur
- thermes → se détendre en se baignant
- amphithéâtre → voir un combat de gladiateurs
- cirque → assister à une course de chars
- théâtre → assister à une comédie ou à une tragédie

SCIENCES (p. 83)

1. 1. Le mulot mange des graines, des fruits, des racines : c'est un végétarien.
2. Le hibou mange des mulots, des campagnols, des musaraignes : c'est un carnivore.
2. feuilles de végétaux → escargot → musaraigne → hibou • Chaîne alimentaire.
3. Le premier maillon est toujours un végétal.
4. Réseau alimentaire.

Check ! (p. 84)

1. a) déclarative. • **b)**. impérative. • **c)** exclamative. • **d)** interrogative.
2. a)

destination des déchets	pourcentage
stockage (déchets « ultimes »)	10
incinération	45
recyclage (papier, verre, métal...)	30
compostage (déchets dégradables)	15

b) On peut recycler : $\frac{30}{100} \times 20 = 6$ tonnes.
3. a) 60 cm³ = 60 000 mm³. • **b)** 10 dm³ = 10 L. • **c)** 100 L = 0,1 m³. • **d)** 3 500 000 mm³ = 3,5 dm³.
4. 1. dessert – a record – summer • **2.** celebration – invitation – admiration.
5. La mer Méditerranée.
6. 1. carnivores.
2. chaînes alimentaires et réseaux alimentaires. (les deux réponses sont correctes !)
3. Un végétal.
4. Chaîne alimentaire.

Achevé d'imprimer en France par Imprimerie IPS
Dépôt légal : 06348-8/02 - Mars 2021

Infographie : Vincent Landrin / Bernard Isselin (p. 23) / Corédoc / L. Blondel
Cartographie : Noël Meunier (p. 12, 82) / Légendes Cartographie (p. 72)
Illustrations : Nicolas Grebil / Laurent Lolmède (pages d'anglais et p. 8 bas, 18, 27, 37, 66, 68, 76) / Pierre-Emmanuel Dequest (p. 32, 42, 82) / Jean-Marie Ruffieux (p. 62)
Iconographie : Brigitte Hammond
Maquette de principe : Favre&Lhaïk
Mise en page : Grafatom
Édition : Laure Ozon